Il veggente

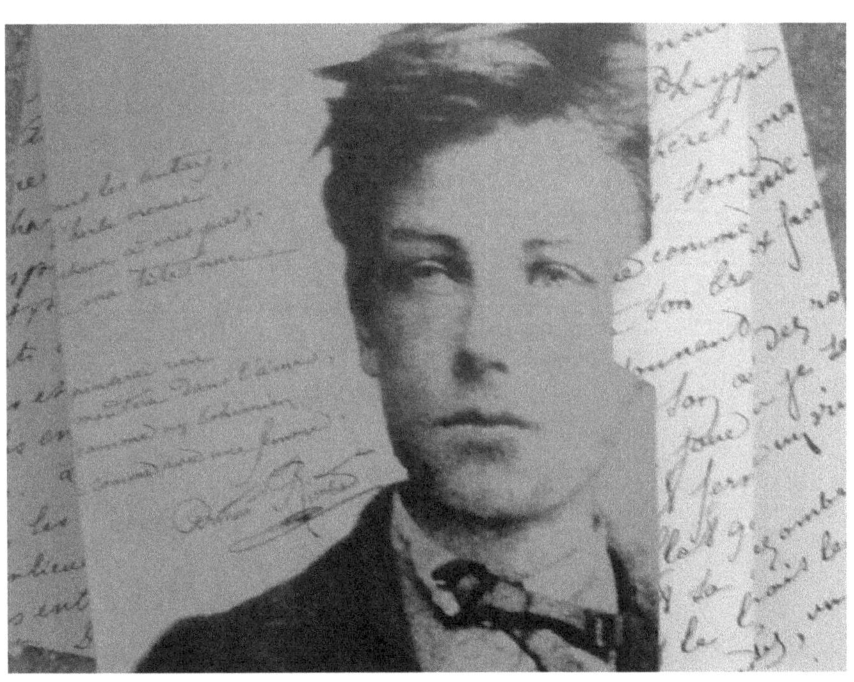

Lucia Capolupo

Prologo

Questa storia è ispirata a un grande poeta francese, Arthur Rimbaud. Artista dalla vita spericolata e di cui ammiro la sua continua ricerca di libertà e ci certezze. Ha sacrificato tutto in nome della poesia, ha scritto opere e raccolte che hanno sconvolto i contemporanei e ha incarnato il tipico stile di vita da rockstar (da cui tutto il mio amore-disappunto). Tutto senza porsi limiti e abbandonandosi a relazioni spesso travagliate come quella con il poeta Paul Verlaine.

Un pomeriggio come gli altri

Stephane

Stephane entrò a casa, buttando la cinghia dei libri per terra. In soggiorno non c'era nessuno. Entrò in cucina a prendere un bicchiere d'acqua. Suo padre, Bernard, era chino sulla tavola. Di fronte, una bottiglia di vino piena per tre quarti.

-Sono tornato- annunciò il ragazzo.

-Come è andata a scuola?

-Come sempre- rispose lui, atono.

-Da cani, quindi- bofonchiò il padre, gli occhi incollati alla bottiglia.

-No, abbastanza bene- rettificò il figlio.

-Sei cosciente del fatto che tra una settimana ci saranno le pagelle, vero?

-Sì.

-E sai anche che non voglio vedere una pagella scadente come quella dell'anno scorso, vero?

-Sì.

-Bene. Ora fila.

Stephane si allontanò e si diresse verso la sua stanza. Toltasi la giacca blu e la camicia che facevano parte dell'uniforme scolastica, si buttò sul letto e si mise a leggere il libro di Victor Hugo che gli aveva consigliato il professor Moreau.

A sera non aveva fatto niente per la scuola; in compenso, gli era venuta l'ispirazione per due poesie. La madre non era ancora tornata.

-Dov'è la mamma?- chiese al padre seduto a tavola.

-Boh, mi aveva detto che andava dalla sua amica Bernadette e non è tornata da allora.

In quel momento la porta si aprì e sulla porta comparì l'alta figura della madre. Il volto scavato rivelava dei tormenti che l'attanagliavano ma che non osava confidare a nessuno e gli occhi scuri tradivano la sua angoscia.

-Matilde, dove sei stata?- le chiese il marito, alzandosi.

-Da Bernadette, che mi ha trattenuto affinché badassi ai gemelli- gli spiegò lei. -Durante la strada per tornare a casa mi è venuto in mente che dovevo andare in chiesa per un rosario alla Madonna.

-Tutto questo tempo per una visita in chiesa?- borbottò lui.

-Se tu mi ascoltassi, Bernard, verresti anche tu a messa almeno la domenica- disse la donna, mentre le si accendeva un luccichio negli occhi -e mi aiuteresti a insistere affinché nostro figlio si comporti come un vero cristiano, e non bighellonando per i campi!

-Senti, non sta a te decidere della sua educazione- ringhiò l'uomo, scaldandosi. -Sono sempre io che sto a casa con lui, mentre tu vai o in chiesa o all'ospizio a prenderti cura di tutti tranne che della tua famiglia!

A quel punto, Stephane si alzò e andò in camera sua. Pure da lì le urla dei suoi vecchi si sentivano. Rimase sdraiato a lungo sul letto, a occhi aperti, mentre la mente gli regalava visioni e disegni che riempivano la sua povera stanzetta.

A scuola

Il giorno dopo Stephane si alzò di buon'ora per andare a scuola. La madre in cucina era intenta ad affettare del pane. Aveva i capelli sfatti e l'aria distrutta. Chissà che le era successo.

-Buongiorno mamma- la salutò il ragazzo, agguantando la fetta di pane e formaggio che gli era stata preparata sul tavolo.

-Fai il bravo a scuola- gli raccomandò la madre, senza voltarsi. -Non uscire di nuovo con quel Jean, o come si chiama, porta rispetto ai maestri...

Si fermò solo perché aveva sentito la porta sbattere, segno che il figlio era uscito di casa.

"Maschi!" pensò lei, rimettendosi al lavoro. "Ingrati e sbruffoni". E cominciò a fantasticare su quanto avesse voluto una figlia femmina.

Intanto, il nostro protagonista camminava su uno stretto viottolo di campagna. L'erba alta e gli alberi lo circondavano, e il cielo limpido di fine maggio lo sovrastava. Alzò lo sguardo per immergersi in quel turchese così uguale ai suoi occhi chiari. I capelli biondo scuro ondeggiavano leggermente al vento.

Finita la campagna svoltò in una strada costeggiata da grandi case signorili, molto diversa dalla sua, piccola e cadente. Alla fine della strada girò a destra e si ritrovò davanti alla sua scuola.

Non era molto grande ma era molto affollata, poiché era frequentata dai ragazzi e dalle ragazze che come lui non potevano permettersi la retta in una scuola privata. Era una delle poche scuole miste delle vicinanze, e ciò le dava una brutta fama, di superficialità e sciatteria. In effetti i maschi erano un po' scapestrati: fumavano, si menavano in strada e ci provavano con tutte le ragazze. Le femmine invece erano più eterogenee tra di loro; se da una parte c'erano quelle studiose e ossequiose verso i professori, dall'altra c'erano quelle che seducevano i ragazzi e stavano con loro nelle osterie a buon prezzo.

Stephane come sempre si avvicinò a Jean, il suo migliore amico.

-Ciao Ste- lo salutò l'amico. -Tra un po' consegnano le pagelle.

-Purtroppo lo so, amico.

-Sai che ti dico? Io scappo.

-Ma che stai dicendo?

-Sì, sì, scappo ti dico, non voglio più restare in questo buco di paese, voglio esplorare il mondo, conoscerlo e farlo mio, mi capisci?

-No- rispose Stephane con noncuranza, mentre si soffiava una sigaretta che aveva fregato al padre prima di uscire di casa.

-Sto dicendo sul serio Ste.

-Mi vuoi lasciare da solo qui in sta scuola con i nostri compagni scemi e i professori che ci torturano se non respiriamo a tempo?

-Allora vieni con me, scappiamo insieme!

-Jean, siamo troppo diversi.

Ed era vero. Jean era un genio in matematica e nelle scienze naturali, mentre Stephane... Stephane aveva una dirompente passione per la letteratura e la poesia di cui nessuno era a conoscenza, tranne il giovane professore di letteratura del liceo, Nicolas Moreau. Solo a lui aveva condiviso il suo amore, e l'insegnante lo aveva spronato a comporre temi e poesie e regalandogli libri che a suo parere avrebbe trovato illuminanti. All'inizio il ragazzo era reticente, del resto a cosa interessava a un insegnante del più somaro della classe? Poi però si era fidato e tra i due era nata una specie di intesa. Del resto, Stephane quando si trattava di lettura e scrittura si lasciava convincere facilmente da praticamente chiunque.

Alla prima ora avevano storia con il professor Guerin, un uomo calvo e piuttosto basso e di costituzione robusta. Lo si distingueva facilmente per via degli imponenti baffi a tricheco, di cui lui andava fiero malgrado fossero oggetto di scherno da tutta la scolaresca. La classe quel mattino ascoltò un borbottio sul Medioevo e i castelli in un silenzio assopito. Solo i più secchioni riuscivano a stare svegli e a resistere alla noia di quella lezione.

Alla seconda scienze naturali con la professoressa Gaillard, una donna alta e secca dall'espressione austera. Il viso ricoperto di rughe non si era mai steso in un sorriso, se non quelli di circostanza durante i colloqui con i genitori o durante gli eventi di inizio e fine anno scolastico, ma non era mai arrivato a illuminarle gli occhi.

Alla terza e alla quarta il professor Lacroix, un uomo dalle spalle larghe e dall'aria burbera. Indossava sempre abiti composti da pantaloni e giacca blu con camicia azzurra o bianca. Era piuttosto alto e i capelli corti gli davano un'aria minacciosa. Ma bastava anche solo un suo sguardo per farti capire che tu per lui eri solo una testa in cui impartire nozioni su nozioni e che non eri minimamente alla sua altezza. Odiava tutti gli studenti e tutti gli studenti lo odiavano, tranne ovviamente i leccapiedi. A quest'ultimi Lacroix dava un'occhio di riguardo, non li importunava mai nemmeno quando chiacchieravano durante le sue ore e dava sempre buoni voti.

Alla quinta fortunatamente c'era il professor Moreau. Quando entrò in aula gli occhi di Stephane si illuminarono e si mise leggermente più dritto con la schiena.

Professor Moreau

-Bene ragazzi, ho qui i vostri temi di settimana scorsa, quelli sulla figura di Penelope nell'Odissea- annunciò, sedendosi sulla cattedra. Era l'unico dei professori a farlo. A settembre, quando l'aveva visto per la prima volta, Stephane aveva pensato che era solo un pagliaccio che voleva sembrare un ragazzino come loro. Quanto si era sbagliato! In realtà, lui voleva solo mettere gli studenti a loro agio.

Prese i fogli dalla borsa di cuoio e si mise a girare per i banchi distribuendo i temi.

-Jean, stavolta ti ho dato la sufficienza perché sei migliorato dall'ultima volta, tuttavia sono convinto che potremmo arrivare al sette senza problemi.

Il ragazzo si voltò verso l'amico nonché compagno di banco, con gli occhi che brillavano. Non aveva mai preso una sufficienza in francese, prima d'allora.

Si diedero un cinque sotto il banco. Stephane poteva giurare che Moreau li aveva visti con la coda dell'occhio, ma non disse niente.

Quando giunse a Stephane si fermò, prese il suo compito, guardò il ragazzo e disse:

-Stephane, in questo tema ti sei superato. Ti ho dato eccellente.

Lui strabuzzò gli occhi. Tutti i suoi compagni lo fissavano. Possibile che uno dei ragazzi più negligenti della classe avesse preso il massimo dei voti in qualcosa? Neanche Stephane ci credeva.

-Se continui a spalancare così gli occhi ti cadranno sul banco- lo avvertì l'insegnante, poi gli si avvicinò e gli sussurrò:

-Complimenti. Un tema così, non lo leggevo da parecchio tempo.

E si allontanò per consegnare gli altri temi.

La campanella suonò e gli studenti si riversarono all'uscita. Stephane fu spintonato dalla folla, ma non gli importava. Era ancora sconvolto dal voto del suo tema. Certo sapeva di aver prodotto un buon elaborato, ma addirittura eccellente...

Un'onda di sconforto gli si rivoltò addosso. Tanto, ai suoi genitori non gli sarebbe importato nulla. Sarebbero stati fieri di lui se quel voto l'avesse preso in matematica o in chimica, ma in letteratura... a chi interessava? A cosa serviva?

L'incontro con il professor Moreau

-Stephane Clement!- chiamò il professor Guerin, che oltre ad essere l' insegnante di storia era anche il preside della scuola.

Lui si alzò e si diresse verso la cattedra. I suoi movimenti sicuri non lasciavano trapelare l'ansia e l'angoscia che si agitavano dentro di lui. Prese la pagella dalle mani del professore e tornò al suo posto. Solo allora osò dare un'occhiata al foglio rivelatore.

Non era cambiato praticamente nulla dall'ultima pagella, a parte un "Ottimo" in francese (merito del professor Moreau e dei suoi numerosi temi). Per il resto erano tutti "Scadenti" e in matematica addirittura un "Non valutabile". Il morale di Stephane sprofondò sotto i tacchi. Certo non si aspettava niente di diverso, ma quel non valutabile in matematica gli sembrava una vera vigliaccheria.

-Bene- disse il professore, quando ebbe riconsegnato tutte le pagelle. -Come ogni anno, alcuni di voi si sono distinti per i loro meriti...- e guardò con orgoglio Nicolas Schmitt, lo studente più intelligente della classe e della scuola, membro del consiglio d'istituto e vincitore di numerosi premi.

-... e altri per i loro insuccessi- e lanciò uno sguardo sornione a Stephane. Il ragazzo si sentì ribollire di rabbia. Da tempo ormai odiava la scuola, i discorsi e il carattere ipocriti degli insegnanti, le materie inutili che insegnavano. Ma la cosa che gli dava più fastidio era il fatto che i suoi compagni più bravi si vantassero e si prendessero gioco di loro più negligenti, anche perché poi lui si scaldava e li prendeva a botte, e la colpa ovviamente ricadeva interamente su di lui.

Ora doveva tornare a casa con la pagella scottante. Anche se non lo avesse ammesso neanche sotto tortura, nemmeno a se stesso, aveva paura. Paura delle botte di suo padre, delle sue urla, della tristezza di sentirsi dire che era una vergogna, una serpe in seno, un mangiapane a tradimento, che non aveva talento né capacità.

Con sua madre la situazione non andava molto meglio: cominciava a lamentarsi del fatto che non aveva un figlio modello, scoppiava in lacrime dicendogli che in fondo non gli chiedeva tanto, solo di impegnarsi un po' di più. Poi si metteva a snocciolare tutti i figli di conoscenti che a detta sua erano dei ragazzi modello, come il figlio del vicino, che oltre a essere dottore in una rinomata università era anche un figlio premuroso, che ogni domenica andava a casa della famiglia per la messa e per raccontare loro del lavoro. O come Monique, la figlia dell'amica Bernadette, che era una ragazza candida e sempre attenta alla madre e dedita ad occuparsi dei fratellini.

***

-Cosa sarebbe questo schifo?- urlò Bernard, tirando un pugno sul tavolo. Stephane chinò il capo; bè uno schifo proprio non era, quell'ottimo in francese non era mica poco...

-Vediamo un po'... scadente, scadente, scadente... un non classificabile in matematica? Ma dimmi un po', ti diverti a fare schifo o sei fatto così?

Ecco che partiva con gli insulti. Quello era solo un assaggio dell'inferno della prossima ora.

-Oh guarda, quel rammollito ti ha messo ottimo in letteratura. Chissà, forse gli facevi pena.

-Veramente, l'ho avuto perché sono bravo...- azzardò Stephane. Poi però ci pensò. E se il padre avesse avuto ragione? Se Moreau avesse avuto compassione di lui, e non stimasse veramente le sue capacità?

-Baggianate!- rise il padre. -Tu sei solo un buono a nulla che non combinerà niente nella vita! Pensavo che malgrado tu sia così deficiente l'avessi compreso ormai!

Stephane non resse più. Era stufo di quelle scene, in cui il suo amor proprio moriva e lui doveva sempre ricostruirlo per poi vederlo crollare di nuovo. A volte gli sembrava un'inutile battaglia, come quella contro le zanzare, che anche se ne ammazzi a centinaia quelle tornano ogni estate. Corse fuori di casa sbattendo violentemente la porta. Con il fiatone e la faccia rossa dall'ira, decise di andare a chiarire ogni dubbio con l'insegnante di letteratura.

***

Sebbene ci fosse stato solo un paio di volte, sapeva l'indirizzo. Arrivato all'abitazione però si fermò. Non era sicuro di voler entrare. Chi glielo diceva poi che Moreau gli dicesse la pura verità? Ma ormai si era deciso. Con un sospiro, bussò tre volte alla porta.

L'insegnante aprì quasi subito. Il solito gilet che indossava a scuola era sostituito da una camicia azzurrina a righe leggermente sbottonata e con le maniche arrotolate fino al gomito. Gli occhiali rotondi dalla montatura nera riflettevano uno sguardo spiritoso, una cosa non comune tra i professori che Stephane aveva avuto. Anzi, era una particolarità unica. Un'altra cosa che lo differenziava dai colleghi era l'età; lui era piuttosto giovane, dai capelli scuri con un ciuffo ribelle che gli copriva la fronte, in netto contrasto con gli altri professori, tutti con i capelli grigi o bianchi o pelati. Inutile dire che era l'idolo dei suoi studenti (e delle sue studentesse coff coff ok no la smetto. Del resto per sto qui mi sono ispirata a Luigi Esposito ce ne vogliamo proprio parlare??? E' troppo cute in troppo napoletano!!! Ok definitivamente basta scleri).

-Stephane- disse lui. -Entra.

Il ragazzo apprezzò molto il fatto che lo avesse fatto entrare prima di fargli qualsiasi domanda. Il salotto era una stanza rotonda e accogliente. Le finestre facevano entrare la luce del sole di giugno. Il professore lo fece accomodare su un divanetto rosso e gli chiese se voleva qualcosa. Il ragazzo chiese semplicemente un bicchiere d'acqua. Era lusingato ma anche un po' imbarazzato dal fatto che un adulto lo trattasse come suo pari, di solito era sempre rimproverato per le sue mancanze, sia a scuola che a casa.

L'insegnante lo fece bere un sorso d'acqua poi gli chiese:

-Che cosa ti porta qui? Dalla tua espressione non sembra sia una visita di piacere.

Stephane deglutì. In effetti...

-Vede professore, oggi hanno riconsegnato le pagelle e, come può ben immaginare la mia non era bellissima. Quando sono tornato a casa e l'ho fatta vedere a mio padre, lui come si può ben capire si è arrabbiato e tra le altre cose mi ha detto che l'ottimo nella sua materia è perché lei mi compativa...

A quel punto non resistette più e scoppiò in lacrime. Moreau restò di sasso.

Moreau

Avevo sempre pensato che quel ragazzo fosse duro come la roccia. Non in senso negativo. Quello che intendo dire è che pensavo avesse una specie di armatura allo scopo di difendersi. Certo forse in certi casi non è un bene, ma mi piaceva il fatto che lui non si lamentasse mai dei suoi problemi come invece facevano molti suoi compagni privatamente con me. Ed ecco che ora me lo ritrovavo sul divano del mio salotto a singhiozzare. La cosa mi strinse il cuore, era un mio allievo da meno di un anno (precisamente da settembre) ma mi ero molto affezionato a lui. Così, mi alzai dalla poltrona che occupavo e mi sedetti vicino a lui. Cominciai ad accarezzargli la schiena con la mano sinistra, mentre con la destra gli asciugai le lacrime dalle guance.

-Ora voglio che mi ascolti molto attentamente Stephane- gli dissi con voce dolce ma ferma allo stesso tempo. - Ogni singolo voto che ti ho messo te l'ho dato perché secondo me lo meritavi. Tu non mi fai pena, anzi: secondo me tu sei un ragazzo molto forte e determinato, e penso che farai grandi cose. Io ti stimo Stephane, ricordatelo bene.

Lui annuì, con gli occhi ancora pieni di lacrime.

-Grazie professore- sussurrò.

-E di cosa?- sorrisi io.

Lo guardai uscire poco tempo dopo. Dentro di lui c'era nascosto un dragone, ma solo lui poteva farlo uscire e dimostrare quel che valeva.

Monique

Monique

Il giorno dopo era sabato, e ciò significava una cosa: niente scuola! Stephane di solito utilizzava quelle giornate libere da impegni scolastici per girovagare nei campi, e quel giorno non faceva eccezione.

Uscì alle prime luci del giorno, per non dover incappare in suo padre, che dal giorno precedente appena lo incontrava gli lanciava occhiate in cagnesco o borbottava parole che al ragazzo suonavano molto come "ingrato" o "somaro", cosa che aumentava assai il suo malessere.

Fuori faceva ancora piuttosto freddo per via dell'orario, ma col passare delle ore l'aria si scaldò, tanto che Stephane si tolse la giacca che aveva indossato. A un certo punto vide una figura avvicinarsi. Man mano che gli veniva incontro, il ragazzo poté notare che era una femmina, e più precisamente la figlia dell'amica della madre, Monique. Strano però, la sera prima la madre aveva detto a tavola che Bernadette sarebbe stata fuori tutto il giorno per visitare il marito, dottore in un'altra città, e che avrebbe affidato i gemelli alla figlia maggiore. Dove erano dunque i bambini?

-Ciao- la salutò lui. -Dove sei diretta?

-Ehm, da una mia zia, devo prendere in prestito una cosa per i miei fratelli... e va bene, no, non è vero- ammise, davanti al sopracciglio alzato del suo interlocutore -è un segreto, prometti di non dirlo a nessuno?

-Certo, te lo giuro.

-Bene. Sto andando da un ragazzo, più grande di me, i suoi genitori sono fuori casa per tutto il fine settimana e abbiamo deciso di approfittarne.

-Da quanto vi vedete?

-Da un paio di mesi. Non sono mai stata con un ragazzo per tutto questo tempo... sì, sono stata con altri ragazzi- disse.

-Tranquilla, chi sono io per giudicarti? E con i tuoi fratelli, come fai?

-Li lascio da un mio ex spasimante. Continua a sperare che un giorno io ritorni a stare con lui. Povero illuso.

Stephane si lasciò scappare un sorrisino. Alla faccia della ragazza candida e pura che gli decantava sua madre!

-Beh, cos'è quel sorrisetto?

-Niente, è solo che mia madre mi dice sempre che sei una ragazza a modo e riservata...

-Gli adulti sono strani. Vogliono giudicarci a tutti i costi, anche se di noi non sanno assolutamente niente. Nel bene e nel male.

-Verissimo.

-Senti, io adesso devo andare da quel ragazzo... magari ci si rivede.

-Certo, sicuro.

Monique diceva di avere fretta, però mentre si allontanava si girò più volte a guardare Stephane. Il ragazzo notò che nell'insieme non era una brutta ragazza. Lui di solito preferiva le bionde, ma Monique con quei capelli scuri come l'ala di un corvo e quei grandi occhi castano nocciola lo ammaliava.

Scosse la testa. Che gli prendeva? Di solito lui non si soffermava mai troppo sulle ragazze. Troppo superficiali e rumorose, soprattutto quelle della sua scuola, che durante gli intervalli e fuori dalla scuola si soffermavano in gruppi e ridevano come oche starnazzanti. I maschi almeno sapevano che cos'era il contegno! (sento odore di amourrr! Ops non dovevo dirlo)

Tornò a casa a mezzogiorno per il pranzo, poi siccome quel pomeriggio il padre andava a lavorare alla bottega dove svolgeva il lavoro di falegname andò ad aiutarlo. Non ci andò controvoglia: amava vedere il padre lavorare con il legno, come ricavava da un semplice ciocco di legno mobili, sedie, giocattoli e tanti altri oggetti. Non poteva dire che suo padre non facesse bene il suo lavoro, né che non lo amasse: semplicemente, odiava quando sperperava il profitto ricavato dai bellissimi oggetti che costruiva in cose futili e dannose come l'alcool.

Probabilmente visto che lo aveva accompagnato a bottega, il padre era più loquace e allegro del solito; non lo portò nemmeno alla locanda a bere. Stephane era contento dell'umore del padre, ma sentiva che dietro quei comportamenti c'era qualcosa che il padre gli nascondeva...

L'offerta di lavoro

La domenica, la madre lo portò con sé a messa. Era ora che il ragazzo avesse un po' più di spirito cristiano. Stephane non si lamentò più di tanto: sotto sotto, sperava di vedere Monique. Per lei provava una strana attrazione, che non si sapeva spiegare. (tranquillo tesoro, non c'è fretta...)

Indossò i migliori vestiti che aveva e seguì la madre, vestita con un semplice abito rosa, sul sentiero che portava alla chiesa. Si sedettero al banco riservato alla famiglia Clements e ascoltarono la cerimonia.

Stephane non fu molto attento; dopo cinque minuti già stava guardando gli affreschi che decoravano i muri della chiesa. I colori predominanti erano il blu e l'oro, e tutte le figure rappresentavano santi o scene sacre.

A scuola non faceva catechismo (quello si faceva nelle scuole private, non in quelle pubbliche), perciò la religione era un concetto che gli era del tutto estraneo, però lo considerava estremamente noioso. Per lui, Dio non era altro che un'invenzione degli uomini per dar loro conforto in un'entità superiore. Ma lui credeva e sperava in un'altra entità, più tangibile e concreta: la scrittura e, in particolare, la poesia.

Quando la celebrazione finì (finalmente), si alzarono e si diressero verso l'uscita e, nel piazzale, incontrò proprio Monique. Era con la madre e teneva per mano i suoi due fratelli, Marc e Henri. Le si avvicinò e la salutò.

-Ciao Monique.

-Oh ciao Stephane. Tutto bene?

-Sì, sì, abbastanza bene dai. Tu?

-Anch'io bene, grazie.

-Come va con i tuoi fratellini?

-Bene grazie. Ma... perché ogni volta che ci vediamo mi chiedi sempre dei miei fratelli?- gli chiese lei con un accenno di sorriso.

-Sarà perché sono figlio unico e vorrei tanto aver avuto un fratello- rispose lui, in un tono dolce-amaro.

-Fidati, è meglio essere figlio unico, soprattutto se sei il fratello maggiore! Devi sempre stare a guardarli, che non si facciano male, che siano educati, che non si abbuffino...

-Ma un fratello è come un tesoro segreto: se lo custodisci con amore, un giorno lui ti ricompenserà, in modi anche inaspettati.

La ragazza rimase interdetta.

-Beh, non l'avevo mai guardata così...

-Stephane!- gli gridò la madre.

-Arrivo madre! Beh, come senti mia madre mi chiama, ci vediamo.

-Si ciao.

***

Avevano appena finito la tarte tropezienne, la specialità della signora Clements, quando si sentì bussare alla porta.

-Vai ad aprire- grugnì il padre, con gli occhi incollati al pezzo di dolce che restava. Stephane andò ad aprire e alla porta trovò un signore vestito con un completo che all'epoca dell'acquisto doveva essere di bella stoffa, ma che ora era sgualcito in più punti e cosparso di macchie di unto. Aveva una faccia molle con le labbra sempre all'ingiù, come se fosse perennemente arrabbiato. Era basso e la testa era cosparsa di ciuffi grigi pettinati in modo ordinato e che lasciavano spazio alle incombenti calvizie.

-Buongiorno ragazzo, sono il signor Thomas- si presentò. Aveva dei modi burberi e un vocione roco, da orco delle favole. Il ragazzo si sentì stranamente intimorito dall'uomo.

-Ah sì Thomas venga venga- disse il signor Clement.

-Ti starai chiedendo il motivo della mia visita- disse Thomas, subito dopo i convenevoli.

-In effetti sì signore- rispose Stephane, a voce bassa e balbettando.

-Allora ragazzo chiariamo subito una cosa: con me devi parlare in modo chiaro, intesi?

-Si signore- rispose lui, stavolta in modo più forte.

-Oh, così va meglio. Bene, sono qui per vedere se hai le credenziali per entrare a lavorare nella mia azienda.

Il ragazzo sgranò gli occhi. Azienda? Che diavolo stava blaterando quel tizio?

-Qu-quale azienda, signore?- si azzardò a chiedere.

-La mia fabbrica di scarpe! Tuo padre è venuto da me ieri mattina presto per parlarmi e chiedermi di assumerti, non te l'ha detto?

Stephane si girò a guardarlo. Anche la madre sembrava stupita.

-Che storia è questa Bernard? Deve proseguire gli studi...

-Proseguire gli studi un corno, non possiamo continuare a mandarlo a scuola senza che lui non venga promosso!- rispose il padre, alterandosi.

Il signor Thomas fece qualche domanda al ragazzo chiedendogli se pensava di essere in grado di andare a lavorare da lui. Lui stava per negarlo, ma a un'occhiata del padre fu "costretto" a dare una risposta affermativa.

Non appena l'uomo uscì si mise a urlare contro il padre.

-Non mi meritavo questo colpo alle spalle, soprattutto da te, da te che dici di essere mio padre!

-Taci! TACI, HO DETTO! Tu andrai a lavorare, esattamente da domani, intesi?

Per tutta risposta, Stephane sbattè la porta della sua camera e si buttò sul letto a piangere.

"Morirò libero"

La mattina dopo, Stephane appena sceso chiese scusa al padre per il suo "folle comportamento" del giorno prima, disse di essere stato uno stupido ingrato e che durante la notte aveva ripensato a mente lucida di tutti i suoi sbagli e che se ne era pentito amaramente. Poi disse che sarebbe andato più che volentieri al lavoro per aiutare economicamente la sua famiglia. Detto ciò, uscì tranquillamente di casa e si incamminò per la sua strada, con un sorriso soddisfatto sulle labbra. Oh, come li aveva ingannati i suoi vecchi! E come erano stati tonti loro!

La sera prima era rimasto sì a ragionare, ma su come progettare la sua fuga. Non aveva certo voglia di lavorare in una fabbrichetta di scarpe, lui che perfino l'insegnante di letteratura aveva detto che era destinato a grandi cose. Perciò, aveva preso un foglio e aveva scritto una lettera al docente, che diceva pressappoco così:

"Caro professore,

da domani lei non mi vedrà più. Mio padre mi ha obbligato contro la mia volontà a lavorare, e questa è stata la classica goccia che ha fatto traboccare il vaso. Me ne vado; non posso più restare qui.

Visto che lei è stato per me il mio più grande punto di riferimento, ho intenzione di rivelare a lei, e solo a lei, le mie intenzioni. Voglio essere poeta, e lavoro a rendermi veggente: lei non capirà affatto, e io non sono quasi in grado di spiegarle. Si tratta di arrivare all'ignoto attraverso lo sregolamento di tutti i sensi. Le sofferenze saranno enormi, ma bisogna essere forti, essere nati poeti, e io mi sono riconosciuto poeta, in parte anche grazie a lei.

Grazie professore per avermi dato un briciolo di autostima e di avermi fatto capire quale è la mia strada; lei è stato l'unico adulto su cui io abbia mai fatto affidamento.

Con tutto il mio affetto,

Stephane Clements."

Stephane era nato e aveva abitato fino a quel momento a Charleville, una cittadina delle Ardenne presso la frontiera la belga. La cittadina era conosciuto solo per aver dato i natali a due eruditi benedettini, un fisico grafomane, un ministro della guerra e un generale di brigata. Lui intendeva raggiungere Parigi, dove soggiornavano i più grandi poeti francesi. Cosa avrebbe fatto lì, dove avrebbe alloggiato, come si sarebbe guadagnato da vivere, per lui non aveva importanza; gli sarebbe andato bene anche dormire sui cigli delle strade.

Con questi propositi, lasciò la casa natia per consegnare la lettera e poi dirigersi all'avventura.

Un nuovo compagno di viaggio

Non era neanche uscito dalla cittadina che riconobbe una figura di sua conoscenza. Monique era seduta su un prato, le gambe al petto strette tra le braccia, i capelli castani legati in due trecce mossi dal vento.

Le si avvicinò e notò che i suoi occhi erano colmi di lacrime.

-Monique, che è successo?- le chiese sedendosi al suo fianco.

-Ieri pomeriggio ero andata da Claude, quel ragazzo di cui ti avevo parlato- disse singhiozzando -e l'ho trovato seduto sul divano intento a baciarsi con un'altra ragazza. Si sono staccati e mi hanno guardata con un sorriso perfido stampato sul volto. Sono uscita correndo dalla casa, e credevo che questa storia sarebbe finita come tutte le mie altre storie, ovvero in modo che i miei non ne sapessero niente. Ma ieri sera prima di cena è venuta un'amica di mia madre e, di chiacchiera in chiacchiera questa amica ha detto a mia madre che mi aveva vista scappare dalla casa di Claude. Mia madre quando è andata via mi ha chiesto spiegazioni; ho provato a mentire, ma alla fine ho dovuto confessare. Mia madre ha dato in escandescenze, mi ha insultata e rimproverata, così stamattina sono scappata.

Stephane era stupito.

-Anch'io ieri sera ho ricevuto un colpo alle spalle, però da mio padre. Mi ha obbligato ad andare a lavorare in una fabbrica di scarpe, ma io non voglio e perciò sono scappato.

-Mi dispiace- disse sincera Monique. -E adesso cosa faremo?

-Vieni con me, sono diretto a Parigi per incontrare tutti i grandi poeti del Paese, tu potresti venire e cercare lavoro, di sicuro nella nostra capitale se ne trova facilmente!- esclamò Stephane. -Sempre se vuoi, ovviamente...- disse. La frase precedente gli ricordava la costrizione di suo padre.

-Sì dai, perché no?- rispose la ragazza sorridendo.

Stephane si alzò per primo e aiutò Monique ad alzarsi tendendole la mano. Nei brevi istanti in cui le loro mani si toccarono, entrambi sentirono una scarica elettrica partire dai loro palmi e irradiarsi sin verso il cuore. Entrambi erano troppo orgogliosi per dirlo a voce alta, ma i loro sguardi parlarono da soli.

Insieme, superarono il confine della città. Stephane si voltò un'ultima volta a guardare la città che gli aveva dato i natali. Dopotutto, gli dispiaceva andarsene, lasciare la madre e il professor Moreau, ma non poteva del resto dimenticare gli affronti che aveva subito, scolastici e l'ultimo, il più doloroso, che gli aveva inflitto il padre con il suo inganno.

Sospirando, girò la testa e s'incamminò, fianco fianco con Monique. Iniziava una nuova fase della sua vita.

In viaggio verso Saint-Quentin

Stephane sapeva che Parigi era decisamente lontana da Charleville, perciò aveva deciso di fare tappa a Saint-Quentin prima di raggiungere la capitale. A Saint-Quentin aveva un cugino che sperava potesse ospitarli per qualche giorno.

Durante il viaggio parlarono e fecero amicizia. Chiacchierando, venne fuori che Monique aveva una grande passione per la pittura, alimentata dal padre che, quando tornava a casa per le brevi e rade visite, le portava in dono fogli, pastelli e acquerelli.

Con quei doni aveva preso un'abitudine inconsueta: dipingeva i volti dei tanti ragazzi con cui era stata per riuscire a ricordarseli. Per ora era arrivata a quota 33.

-E che cosa dovrei fare io per ottenere un ritratto se non ho uno spicciolo in tasca?- chiese Stephane divertito. Era ironico, ma Monique fraintese.

-Stare con me, ovviamente!

-D'accordo!- rispose lui, e inaspettatamente diede alla ragazza un bacio sulla guancia. Lei diventò subito rossa. Aveva ricevuto tante effusioni di affetto da parte dei ragazzi, molte più calorose di quel semplicissimo bacio, ma allora perché si sentiva così confusa?

Anche Stephane si era tinto di un rosa acceso.

-Questo può bastare per i capelli?- chiese, per frantumare quel silenzio colmo d' imbarazzo.

-Vedrò- disse lei sorridendo.

Arrivata la sera trovarono rifugio in un vecchio casolare. Dopo un pasto frugale si sedettero fuori a osservare le stelle.

-Sai, io voglio diventare famoso, piacere alla gente- disse a un tratto Stephane.

-E come pensi di farlo?- chiese Monique.

-Scrivendo poesie- Non aveva mai detto niente a nessuno di questo suo segreto, tranne che ovviamente al professor Moreau, ma sentiva che la ragazza seduta accanto a lui, così simile a lui per le esperienze passate, era una persona degna di fiducia e a cui poteva raccontare qualsiasi cosa.

Sai, la poesia mi rende libero, mi fa evadere dalla banale e scolorita vita di tutti i giorni dove colleziono solo votacci e sgridate, e mi fa entrare in un mondo dove la luce, le ombre, le figure sono tutte più vere, dai colori vivaci, dove mi sento a mio agio e posso essere me stesso... non so se riesci a capirmi.

-Certo che ti capisco- disse lei, avvicinandosi leggermente a lui. -E' esattamente quello che sento io quando dipingo, è come se ci fossi soltanto io e la tela. Però fino adesso non ero mai riuscita a dare una voce a quello che provavo. Credo che è questo che rende voi scrittori e cantanti così apprezzati dagli altri: date voce ai sentimenti degli altri.

Queste parole resero Stephane pieno di orgoglio: fino a quel momento aveva scritto per se stesso, per far uscire fuori quello che provava, ma non aveva mai pensato di avere il potere di farlo anche per gli altri.

-Chissà se i nostri genitori si sono accorti della nostra fuga- commentò Monique, sdraiata a pancia in su a osservare il cielo stellato.

-Penso di sì, anche se spererei di no. Non oso immaginare la reazione di mio padre- mormorò Stephane.

-Neanch'io quella di mia madre-

Rimasero per un altro po' fuori, poi rientrarono nella catapecchia.

Il mattino seguente ripresero il cammino. Fecero un po' di provviste nel piccolo borgo di Rosiers e poi continuarono il viaggio. Camminarono per strade di campagna e sentierini persi nella natura, circondati ora da spighe bionde di granturco che ondeggiavano al vento ora da grandi alberi con rami talmente fitti da lasciar passare appena il sole, che emanava una luce verde colorata dalle foglie.

Camminarono attraverso questi paesaggi per tre giorni, fino ad arrivare al primo grande paese. Lo girarono tutto, ammirandone i grandi edifici chiari decorati qua e là da piccole decorazioni, i bar colorati e tutti pieni di vita, le piazze. Stephane fu subito tentato da una biblioteca pubblica e ci portò a forza Monique, che si lamentava dicendo che i libri per lei erano solo mattoni ripieni di parole. Ascoltò tuttavia a bocca aperta il ragazzo mentre le leggeva un romanzo piuttosto recente, ambientato in una campagna inglese e che raccontava la storia di una ragazza di umili origini con un signore austero e ricco sfondato che però si innamorava di lei e voleva sposarla a tutti i costi, nonostante avesse già un matrimonio con una cugina stabilito dalla vecchia zia di lui. Poi si divisero per seguire ognuno i propri interessi.

Trovata una famiglia di tessitori dove abitare, Stephane chiamò Monique e le disse:

-Dobbiamo per forza trovarci un lavoro, questa famiglia non ci ospiterà gratis, prima di tutto perché sono io a volerlo, non voglio avere debiti con nessuno. Io domani andrò da un editore che ho incontrato oggi durante il mio giro da solo e gli porterò un libro di poesie che ho scritto.

-Sì hai ragione tranquillo anch'io ho trovato un impiego presso la casa di uno studioso d'arte che viaggia spesso e che perciò non ha tempo di badare alla casa. Ha una domestica, ma è ormai anziana e incapace di fare alcuni mestieri.

-Fantastico! Possiamo stare tranquilli allora.

-Per adesso...

Di nuovo in viaggio

Alla fine, restarono in quella città per tre settimane. Non era intenzione di Stephane rimanere in quel luogo così a lungo, ma alla fine si erano trovati bene e la famiglia che li aveva ospitati era molto cordiale e generosa nonostante le proprie ristrette vedute economiche, ma era ora di ripartire, così i due ragazzi si rimisero in cammino.

Videro molti più centri abitati in quella parte di viaggio, così fecero molte brevi tappe di una notte in un villaggio o in una frazione, più sicura dei luoghi disabitati quando calava il buio. Non chiacchieravano molto, ma in quei momenti passati in silenzio entrambi potevano sentire la magica atmosfera che si respirava. A volte pensiamo che il silenzio sia solo uno spazio vuoto da riempire, ma se stiamo attenti possiamo sentire il fruscio del vento che soffia, il ronzio dei nostri pensieri che ci vorticano nel cervello o a volte il rumore stesso del silenzio. Perché il silenzio non è atono, oh no: è una presenza che ci perfora i timpani e ci opprime il cervello quando è indesiderato, il che accade per la maggior parte delle volte. Per questo cerchiamo di sopprimerlo attraverso la musica, le chiacchiere con gli amici, e molte altre cose. Ma se lo accettiamo staremo bene anche in silenzio, come appunto è successo a Monique e Stephane.

Un pomeriggio, mentre facevano un giro in una piccola cittadina, venne loro incontro un uomo chiaramente ubriaco, malfermo sulle gambe, tremante e con una faccia da pesce lesso. Stephane lo fece sedere su una panca all'angolo tra due vie e gli chiese, divertito:

-Messere, a quanto vedo vi siete preso una bella ubriacatura! Non riesco però a capire da che cosa sia dovuta.

E l'uomo gli rispose con voce impastata:

-Ah ragazzo mio, questo è assenzio! L'ubriachezza che dà non assomiglia a nessun'altra di quelle conosciute. Non è l'ubriacatura pesante della birra, né quella feroce dell'acquavite e neppure la gioviale ubriachezza del vino... No, l'assenzio ti fa girare la testa al primo bicchiere, ti salda sulle spalle un paio di ali di grande portata e si parte per un paese senza frontiere e senza orizzonti!

-Ma anche senza senno e senza sole, mi sembra di vedere- rispose il ragazzo.

-Ora è meglio che vada, devo andare da mia moglie...- disse l'uomo, cercando di alzarsi.

-Penso che vostra moglie non sarebbe contenta di vedervi in questo stato- commentò Stephane, facendolo risiedere con garbo -aspetteremo con voi che questa terribile sbornia finisca.

Ci vollero dieci minuti buoni prima che l'uomo riuscisse a comportarsi in modo normale. Quando si fu allontanato i due ripresero il cammino.

-Assurdo, vero?- commentò Monique. -Voglio dire, che gusto ci trova la gente a spendere la propria vita e il proprio denaro in un bicchiere?

-Non dirlo a me- rispose Stephane. Per un attimo gli passò per la mente l'immagine di suo padre chino sulla tavola con la mano stretta alla bottiglia. -Penso per dimenticare i propri dispiaceri.

-Ma andiamo, ci sarà pure un altro modo!

-Naturalmente si, ma questo è il più semplice e banale.

E non dissero altro fino al tramonto, quando trovarono una piccola casetta dove veniva conservato il legno. Era costituita da due piani e loro si sistemarono a quello superiore, dove c'erano due piccole camere da letto.

Il giorno dopo Monique si svegliò. Si sentiva molto riposata e piena di energie, pronta a riprendere di nuovo il viaggio. Andò a bussare alla camera di Stephane, ma non rispose nessuno. Provò di nuovo ma invano. Allora, molto lentamente, aprì la porta.

Il letto era in un caos totale, con le lenzuola tutte aggrovigliate come se ci si fosse rigirato per tutta la notte. La finestra era aperta e lasciava entrare i raggi del sole estivo. Però, di lui non c'era traccia. Provò a scendere di sotto, ma il piano inferiore era deserto. Preoccupata, si chiese dove potesse essere. Lei non si era mai agitata per qualcuno, perché aveva sempre pensato che la gente non la vedesse e non la calcolasse, però Stephane aveva cambiato tutto; le faceva provare qualcosa che non aveva mai provato, con lui lei stava bene, sentiva di poter essere se stessa e di potersi esprimere, e quando lui non c'era si sentiva a metà, come se le mancasse qualcosa.

Per calmarsi salì di sopra a fare i letti, poi sistemò un po' il piano di sotto e andò a comprare qualcosa con i pochi soldi che lei e Stephane avevano guadagnato lungo la via con lavori occasionali.

In quel modo si fecero le 11. Monique tornò a casa, mise la roba comprata a posto e si sedette al tavolo, aspettando infuriata il ritorno del compagno.

Dopo qualche minuto sentì la porta aprirsi e vide la figura di Stephane comparire sulla soglia.

Furiosa gli si avvicinò, gli tirò uno schiaffo e disse:

-Stamattina sei scomparso e non ti ho più visto! Posso sapere dove diavolo sei stato?

Lui non rispose, abbassò gli occhi e si diresse verso la stanza che fungeva da cucina. Monique lo seguì.

-Non credere di filartela liscia! Dannazione mi sono preoccupata! Sarebbe potuto succederti qualsiasi cosa! Io...

-Monique so badare a me stesso non ho bisogno della balia- la interruppe lui. Per tutto il tempo non aveva staccato gli occhi dal pavimento. Lei si interruppe, interdetta. Quella non era la sua solita voce. La sua era squillante e vivace, sì forse un po' meno quando era nervoso o pensieroso, ma questa... questa era grave, troppo grave.

-Stephane che ti è...

-Lasciami in pace!- esplose lui. Finalmente alzò gli occhi. Monique ne fu spaventata: al posto degli occhi azzurri che le davano un tale senso di sicurezza, questi erano due tizzoni ardenti che bruciavano di rabbia. -Non me ne sono andato via dalla mia famiglia per subirmi un'altra sanguisuga! Vatti a fare qualche fidanzatino, va bene?

A quelle parole anche la ragazza esplose.

-No invece, non voglio più uno schifoso ragazzo che mi usi e sfrutti a suo piacimento! Da quando ho conosciuto un certo ragazzo non mi sento più io, sento di voler passare il resto della mia vita insieme a lui e non voglio che gli capiti niente chiaro?

A quelle parole Stephane si calmò.

-E chi sarebbe costui?

Monique si morse le labbra. Si era lasciata andare, ma ormai non poteva più ritirare ciò che aveva detto.

-Sei tu Stephane- mormorò. Poi, con voce un po' più alta e adirata aggiunse:

-Perciò scusami tanto se sto tanto in pensiero per...

Ma non terminò la frase perché il ragazzo le si avvicinò e le posò le sue labbra sulle sue. Lei si rilassò e ricambiò il bacio. Si sentiva... bene, non come tutte le altre volte in cui aveva compiuto quel gesto.

"Se questo è l'amore" pensò "allora sono felice di averlo provato almeno una volta nella vita".

Si staccarono e si scambiarono uno sguardo carico di complicità.

Quel giorno non mangiarono neppure, ma stettero sempre insieme. Seduti su un modesto divano, Stephane confidò alla ragazza il motivo del suo comportamento.

-Stamattina sono andato al bar. Volevo provare, volevo vedere...

-Ma che cosa?

-L'assenzio- disse grave lui.

Monique si mosse leggermente tra le sue braccia.

-Stephane ma sei impazzito? Volevi finire come quel tizio lì?

-Non lo so, io... cavolo, ho fatto la più grande schifezza della mia vita.

-Concordo in pieno. Che questa sia la prima e l'ultima volta che la provi, intesi?

-Ti do la mia parola.

Finalmente a Saint-Quentin!

A metà luglio arrivarono a Saint-Quentin. Durante il viaggio avevano sviluppato ancora di più il loro legame, ormai si sentivano due metà della stessa cosa. Ciascuno sapeva di potersi fidare dell'altro; il loro era un rapporto di fiducia unica.

Era una città molto artistica, piena di palazzi e chiese, la più grande dedicata appunto a San Quentino, patrono della città, di stile gotico e romano.

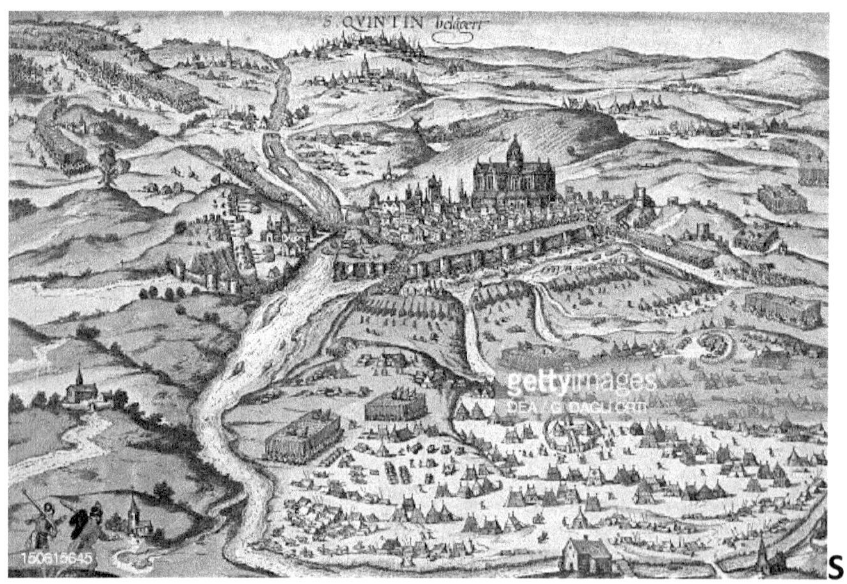

aint Quentin

Ma i due ragazzi non avevano tempo di visitare la città, dovevano trovare il cugino di Stephane. Quest'ultimo si stava scervellando per ricordare l'indirizzo della casa, poiché erano mesi che non lo sentiva. Il cugino, infatti, era stato cacciato dalla famiglia per il matrimonio con una donna, a dire della madre di Stephane, "che si capiva dal primo sguardo che è una sgualdrina da quattro soldi! Mi chiedo come Paul sia potuto cascare in una simile trappola" (Paul era il cugino).

Dopo aver girato alla cieca per vicoli e strade, finalmente trovarono la casa. Era piccola e in rovina: i muri erano scrostati, dietro le finestre si scorgeva soltanto il buio. Sembrava abbandonata, ma Stephane non si voleva arrendere così facilmente, così andò alla porta e bussò tre volte. Silenzio. Ribussò ancora, ma niente. Si ritrovò a tempestare la porta di pugni e calci, ma ancora non veniva nessuno. Deluso, fece dietrofront, raggiunse Monique e cercarono un posto per la notte.

Ma dovete sapere che il nostro Stephane era un tipo testardo, e che più una situazione gli era contraria lui cercava di tirarla a suo favore. Perciò il giorno dopo tornò alla casa del cugino, seguito da una contrariata Monique che invece avrebbe preferito di gran lunga fare un giro per la città già che erano lì piuttosto che stare davanti a quella catapecchia. Ma quella mattina li aspettava una sorpresa.

Il ragazzo stava cercando di farsi aprire quando sentirono delle voci.

-Hey, ma quei ragazzini erano lì davanti anche ieri!

-E se fossero dei soci di quel Clements!

-Andiamo a prenderli!

I due si voltarono dalla fonte di quelle voci e videro tre gendarmi correre verso di loro.

-Presto Monique, scappiamo!- disse Stephane, prendendole la mano e trascinandola per vicoletti bui, allagati da acqua stagnante e dove spuntavano qua e là radi vasi con piante morte a causa della mancanza di sole e attenzione.

La loro fuga purtroppo durò poco: si ritrovarono presto in un vicolo cieco, e furono raggiunti dalle guardie.

-Bene, bene, bene, brutti mascalzoni, cosa ci fate così giovani da soli in questa città?

-Siamo venuti a trovare mio cugino- rispose Stephane. Era meglio dir subito la verità, piuttosto che arrampicarsi sugli specchi con panzane inventate sul momento.

-E come si chiama questo tuo cugino?- chiese una guardia.

-Paul Clements- disse il ragazzo, cercando di mantenere una voce ferma.

-Ve l'ho detto che era uno dei suoi soci! Io l'avevo detto che era uno di loro!

-Ragazzini venite con noi al commissariato di polizia.

Il commissariato era una stanza buia e dall'aria soffocante, piccola e polverosa. Era arredata da poca mobilia: degli scaffali in legno, una scrivania con sopra una piantina appassita e dei divanetti tarlati.

-Sapevate voi che vostro cugino...

-Non è mio cugino- intervenne Monique esitante -è solamente il suo, di...

-Non interrompermi quando parlo!- disse a voce alta il gendarme.

-Dicevo, sapevate che vostro cugino vendeva illecitamente assenzio?

-No signore- rispose Stephane.

-Sì, lo vendeva al mercato nero, recentemente ci siamo messi sulle sue tracce ed ha abbandonato la sua casa.

Stephane deglutì. Adesso erano in guai, guai seri!

-Ditemi il vostro nome, cognome, età, luogo di nascita e di residenza.

-Stephane Clements, 17 anni, nato a Charleville. Io e Monique per ora non abbiamo una residenza, stiamo viaggiando per Parigi.

-Aspetta un attimo che chiedo anche a lei le informazioni essenziali.

-Monique Lucas, anch'io 17 anni e anch'io nata a Charleville.

-Cosa andate a fare a Parigi?

-Volevo andarci perché sono un poeta ma devo farmi conoscere.

-Chiederò ai miei colleghi di Charleville di verificare queste informazioni. Intanto resterete qui e adesso vi faremo un test.

-Un test? Che tipo di test?- chiese Monique.

-Di solito, gli spacciatori di assenzio ne fanno abuso a loro volta. Se il nostro test dirà che non ne avete fatto uso di recente, sarete liberi anche se sorvegliati finché non arriveranno le notizie da Charleville. Il test è molto semplice: vi preleveremo un po' di saliva, la analizzeremo e da queste analisi capiremo se avete fatto uso di assenzio. Fuori le lingue!

I due ragazzi ubbidirono, la guardia prese la loro saliva e la diede al collega che la portò in laboratorio.

-Ci vorranno circa due ore, se volete accomodarvi su quelle poltroncine...

I due seguirono l'invito. Stephane era preoccupato, non per Monique che sapeva che non ne avrebbe mai fatto uso ma per lui. Sapeva di averlo usato solo una volta ormai parecchio tempo prima ma se il test lo avesse rivelato? Avrebbe dovuto marcire tutto il tempo in prigione?

Dopo un tempo che al ragazzo sembrò interminabile, arrivarono i risultati.

-Siete tutti e due negativi, potete uscire dalla stazione e cercarvi un alloggio.

Stephane e Monique uscirono e il primo abbracciò forte l'altra.

-Monique sei il mio angelo, mi hai salvato la vita- le sussurrò all'orecchio.

Lei sorrise.

-Suvvia non fare il melodrammatico, devono ancora arrivare le informazioni da Charleville e non credo che i nostri vecchi tesseranno elogi su di noi...

-Il mio professore di letteratura metterà una buona parola per noi ne sono sicuro- disse convinto Stephane, e a quelle parole un velo di malinconia scese su di lui. Il suo professore di francese, chissà se era in pensiero per lui!

A Charleville

<u>**Professor Moreau**</u>

Sto correggendo un tema sui sentimenti di Dante per Beatrice quando bussano alla porta. Non aspetto visite, perciò apro la porta con curiosità e un briciolo di apprensione.

Alla porta ci sono due guardie. Che ci fanno due guardie a casa mia?

-Buongiorno signore, scusi se la disturbiamo. Possiamo entrare?

-Certo naturalmente- dico, invitandoli a entrare. Si accomodano sul divano dove mi sono seduto l'ultima volta che ho visto Stephane, ormai due mesi e mezzo fa. Da tutto questo tempo mi sono chiesto dove fosse andato, se stesse bene o se fosse capitato in brutte compagnie.

-Uff siamo molto stanchi. Sa, abbiamo fatto un percorso mica breve, veniamo da Saint-Quentin...

Riformulo la domanda: cosa ci fanno due guardie provenienti da Saint-Quentin a casa mia?

-Posso chiedervi, con tutta la gentilezza possibile signori, qual buon vento vi porti qui? Sono sicuro di non essere mai andato a Saint-Quentin da tipo trent'anni, cioè da quando sono nato...

-Stia tranquillo messere, non siamo venuti qua per lei ma per un altro individuo.

-Ovvero?

-Stephane Clements.

Impallidisco. Cos'ha combinato quel ragazzo? Ha a che vedere con la lettera che mi ha lasciato appena prima di partire?

Chiedo loro di spiegarsi meglio.

-Abbiamo trovato il ragazzo in compagnia di un'altra ragazza, Monique Lucas, davanti all'ormai ex abitazione del cugino del ragazzo, Paul Clements, che rivendeva assenzio al mercato nero. Li abbiamo fermati e condotti alla stazione di polizia dove li abbiamo sottoposti al test dell' assenzio, al quale sono risultati negativi. Ci hanno comunque mandati qui per sapere se sono pericolosi. Sappiamo che lei aveva una certa confidenza con Clements...

Mi schiarisco la gola.

-è vero, Stephan si fidava di me, non so se perché insegno letteratura o cos'altro ma si fidava. Nel primo tema che ho dato alla classe per conoscere meglio i ragazzi ha scritto cose molto personali, cose che probabilmente non ha mai raccontato a nessun altro, nemmeno alla sua famiglia. È molto bravo a scrivere, ha un bello stile, ma la cosa che mi ha colpito di più è stata la passione che metteva nello scrivere.

Una volta mi disse che solo mentre scriveva riusciva a dimenticarsi dei suoi problemi, dello schifo del mondo, insomma riusciva a stare bene e in pace con se stesso.

Vedete, a prima vista sembra uno sicuro di sé, quasi spavaldo, ma in realtà soffriva, non so se ancora adesso, di attacchi di depressione in cui voleva abbandonare la poesia perché pensava di far schifo a scrivere. Follie, in vita mia non ho mai incontrato un ragazzo così dotato per la scrittura. E' un ragazzo molto sensibile, l'ho capito attraverso i suoi temi, e posso testimoniare sulla mia stessa vita che non farebbe del male a una mosca, nemmeno quando ce l'ha a morte col mondo.

Gli agenti durante tutto il mio discorso hanno preso appunti, poi si alzano, mi salutano con una stretta di mano e poi se ne vanno. Io li osservo dalla porta sospirando emi chiedo: riuscirò a rivedere quel ragazzo?

Francois

Finalmente Monique e Stephane poterono riprendere il viaggio. Visto che ormai era inutile che stessero a Saint-Quentin, decisero di dirigersi verso Parigi, così si incamminarono verso la capitale.

Stephane era molto emozionato all'idea: avrebbe potuto incontrare tutti i suoi idoli letterari, che ai suoi occhi erano come dei.

All'epoca i più grandi poeti francesi erano Breton, Riviere, Camus, Cocteau e Mallarmé, quest'ultimo noto oltre che per le sue opere anche però per la sua vita dissoluta, segnata da assenzio e una miriade di donne. Si diceva anche che non si tirasse indietro a divertirsi anche con uomini.

Stephane era attratto da quest'ultimo per, oltre a portare lo stesso nome, anche perché aveva un fascino che non si poteva negare e che avrebbe voluto avere anche lui.

Mentre stavano attraversando spensierati un ponte venne loro incontro una figura.

Era un ragazzo di media statura, con mossi capelli scuri che sembrava non fossero stati pettinati da tempo, piuttosto lunghetti. Il viso abbronzato e gli occhi scuri gli davano un'aria mediterranea, ben diversa dal colorito di Stephane color mozzarella malgrado i giorni passati al sole.

Quando si avvicinarono il ragazzo poté osservare che nel suo complesso lo sconosciuto era un bel ragazzo, certamente gli occhi scuri davano il loro contributo.

-Ciao- dissero i due amici al forestiero.

-Salve a voi, amici miei! Qual buon vento vi porta da queste parti?

-Siamo diretti a Parigi. Come ti chiami?- chiese Monique.

-Il mio nome, dolce donzella, è François, François Anders. Vengo da lontano, da un paesino della Germania dimenticato da Dio, e il mio talento mi ha portato in tutto il mondo- disse con aria compiaciuta.

Stephane decise di ignorare il commento sul "suo angelo" per concentrarsi sulla voce di François. Era stupito ed ammaliato da come potesse passare da un timbro di voce profonda a uno squillante e cristallino.

-E quale sarebbe il tuo grande talento, milord?- chiese la ragazza ironica.

-Il canto, ovviamente! Mi diletto a scrivere e cantare serenate, soprattutto alle belle ragazze come te!

Stephane ne aveva abbastanza. Si mise davanti al suo grande amore e disse seccato all'altro ragazzo:

-Mi dispiace deluderti amico, ma la bella ragazza è mia!

-Oh, oh, sta calmo amico- disse lui, alzando le braccia. – Stavo solo scherzando!

-Tranquillo Stephane, so cosa fare in questi casi. E poi, sai benissimo a chi appartiene il mio cuore- disse Monique sorridendo.

A quelle parole il biondo si sciolse.

-Sai di sciogliermi con queste parole vero?- le disse, voltandosi e cingendole la vita con le braccia.

-Se questo mi permette di rivolgermi questi tuoi bellissimi sorrisi, sono disposta a questo e altro.

Il terzo ragazzo tossicchiò leggermente, facendo tornare alla realtà i due piccioncini che si separarono, piuttosto rossi in viso.

-E' uno spettacolo vedervi scambiare smancerie, ma sapete io non ho nessuno a cui dare attenzioni... a parte te ovviamente- disse con sguardo adorante al suo strumento.

Stephane alzò gli occhi al cielo.

-Sto qua parla con gli oggetti siamo messi bene.

Monique lo fulminò con lo sguardo.

-Vabbè noi andiamo a Parigi è stato un piacere Francois- disse.

-Oh aspettate fermi fermi fermi! Posso venire con voi? Sono solo soletto- chiese lui facendo degli occhi così dolci che Stephane sentì sciogliersi dentro. Si voltò verso Monique.

-Tu che ne dici?

-Per me va bene.

-Anche per me PERO' a due condizioni. Prima: non parli come un fiume in piena. Secondo...

-Secondo?

-Non farmi mai più degli occhi così dolci, sennò mi viene da vomitare- concluse il biondo.

-Oh grazie grazie grazie!- disse Francois gettandosi al suo collo. -Farò il bravo bambino lo prometto non mangerò tanto solo il necessario, vi aiuterò a portare bagagli vari, non romperò le scatole...

-LO STAI GIA' FACENDO!

-Ah già scusa.

-Andiamo- disse Stephane, voltandosi per nascondere un sorrisetto.

Francois era un tipo simpatico, sì è vero era un chiacchierone avrebbe parlato pure con i sassi se non ci fosse stato nessuno ad ascoltare (o per lo meno fingere di ascoltare) le sue chiacchiere ma non era un cattivo ragazzo. Stephane e Monique erano due tipi piuttosto silenziosi, e soprattutto il primo amava il silenzio perciò a volte gli veniva l'impulso di prendere la lingua del commilitone e tagliargliela di netto, però non riusciva a negare che la sua compagnia gli piaceva in fondo. Quando era in vena parlava con lui di poesia, certo Francois non era un poeta però alcune sue creazioni non erano dispiaciute al biondo. Piano piano si stava affezionando al compagno, ma non avrebbe mai potuto immaginare quello che sarebbe successo quella sera.

Erano in un campo, era sera, e Monique si era allontanata per prendere sonno su un pezzo di erba stranamente ancora fresca. I due maschi stavano discutendo sull'ultimo pezzo che aveva scritto Francois.

-Ammettilo, senza di me non ti sarebbe mai venuta questa idea!

-E chi te lo dice, scusa?

-Lo dico io, ovviamente!

-Ah sì? A quanto pare ho davanti a me il signor modestia!

-Esattamente! E ora ringraziami in ginocchio per il consiglio!

-Giammai!

-Bene, l'hai voluto tu!

Stephane si gettò sul moro e cominciò a fargli il solletico. L'altro si ribellava come poteva, sbellicandosi dalle risate, fin quando entrambi si accorsero che i loro volti erano estremamente vicini. Fu lo stesso Stephane a prendere l'iniziativa. Velocemente annullò la distanza tra i loro visi e diede un bacio selvaggio a Francois. Quando si separarono, Stephane si prese la testa tra le mani.
-No, no, no ...
François gli si avvicinò e cercò goffamente di accarezzargli la schiena.
-Ehm, vorrei solo rassicurarti sul fatto che... insomma non sono arrabbiato perché... mi hai baciato ecco, sono solo stupito perché non pensavo che tu fossi interessato a me in quel senso ma...
-Idiota non sto male per te ma per Monique! È lei l'amore della mia vita solo lei può capirmi come nessun altro potrà mai, e non sarà mai rimpiazzata tantomeno da uno come te!

Il moro staccò la sua mano dalla schiena di Stephane e disse, con una voce tremante che non nascondeva la sua ira:
-Bene, allora io me ne vado. Addio Stephane.

Si girò e scappò via. La sua figura si perse tra gli alberi. Stephane si accasciò a terra, sentendo la sua anima frantumarsi a poco a poco.

Monique scopre

Monique vide arrivare Stephane abbattuto e solo. Non gli fece nessuna domanda, sapeva che se fosse accaduto qualcosa di grave gliene avrebbe sicuramente parlato, loro due non avevano niente da nascondersi.

Passarono i giorni, trascorsi a raggiungere la capitale. Il ragazzo era sempre di umore cupo, e la sua compagna non sapeva spiegarsi il perché. Una sera gli chiese timidamente il motivo per cui il loro amico se ne era andato. Lui impallidì per un attimo e poi rispose borbottando che non voleva più venire con loro perché Parigi non aveva più attrattive per lui, almeno quello era ciò che gli aveva detto. Monique cominciò a sospettare qualcosa. I rapporti tra di loro si erano raffreddati da quando Francois se ne era andato. Stephane non le parlava quasi più, non era sgarbato ma le rare volte che le parlava le sembrava triste, e lei non riusciva a capire perché.

Erano ormai arrivati alle porte di Parigi: quella sarebbe stata l'ultima sera che avrebbero trascorso fuori dalla città. Si accamparono su un'altura erbosa e diedero fondo alle loro provviste. Poi si sdraiarono sull'erba e mentre guardavano il cielo Stephane disse:

-Ho scritto una nuova poesia: la vuoi sentire?

La ragazza annuì sorridendo, le piacevano le sue poesie: avevano qualcosa che nessun altro riusciva a imprimere su carta, riuscivano a esprimere le sensazioni e i sogni dei ragazzi della loro età.

Stephane si alzò in piedi, si schiarì la gola e cominciò a declamare:

"Me ne andavo, coi pugni nelle tasche sfondate;
il mio cappotto stesso diventava ideale;
andavo sotto il cielo, Musa! ero il tuo fedele;
caspita! quanti amori magnifici ho sognato!
Le mie uniche brache avevano un gran buco:
Pollicino sognante, sgranavo nella corsa
Rime. La mia locanda era l'Orsa Maggiore;
Le mie stelle nel cielo facevano fru-fru,
e le udivo sul ciglio delle strade,
le sere di settembre belle, sentendo gocce di rugiada alla fronte,
come vino robusto; in cui, rimando in mezzo a fantastiche ombre,
io tiravo a me i lacci delle scarpe ferite,
un piede accanto al cuore!"

(traduzione Valerio Magrelli)

Monique

Rimango. Letteralmente. Senza. Parole. Questa poesia è... davvero sbalorditiva. Rappresenta benissimo quello che abbiamo vissuto in questo viaggio, da Charleville fino qui, a Parigi.

-Stephane, sono… veramente stupita.

Mi sorride imbarazzato. Una cosa che apprezzo molto di lui è l'umiltà, non si vanta mai delle sue poesie, anche se sono bellissime. La modestia è una qualità che apprezzo molto nelle persone.

-Dai non è mica così bella.

-No, è solo un capolavoro- dico alzando gli occhi al cielo.

-Non esagerare.

-E tu non sottovalutarti.

-Non mi sottovaluto infatti.

-E cosa stai facendo allora?

Mentre ci facciamo botta e risposta, sentiamo un fruscio dietro dei cespugli. Stephane mi circonda con un braccio mentre con un altro prende un ramo.

Dai cespugli esce una figura. Nonostante abbia i vestiti stracciati e i capelli arruffati e sporchi, lo riconosco:

-François!

Lui viene verso di noi. Lo sguardo ha in sé la forza devastatrice e impetuosa del fuoco. Si butta ai piedi di Stephane e dice:

-Ho meditato in questi giorni Stephane. Ho capito che io senza di te non sono niente e non posso vivere. Ho sofferto per il nostro distacco, così veloce e senza dirci nemmeno un addio. Ho vissuto sugli alberi, nutrendomi di foglie, e sono tornato qui da te per dirti solo questo: ti amo.

Lui, con volto inespressivo, lo prende per un gomito e lo porta in un luogo protetto da alcuni cespugli. Ne ho abbastanza di questa faccenda e li seguo. Mi nascondo dietro un cespuglio e li spio. Sento Stephane gridare:

-Non puoi fare così, sbucare all'improvviso dal nulla e farmi dichiarazioni d'amore, davanti a Monique soprattutto! Ma che ti è saltato in mente?

-Sono stato portato qui dalla forza dell'amore…

-SMETTILA DI PARLARE COME UNA FEMMINUCCIA INNAMORATA!

-Ma davvero non riesci a vederlo? Sono innamorato di te, Stephane!

Silenzio un attimo. Lui rimane interdetto.

-Non so che cosa provo per te, Francois, ma una cosa è certa: non abbandonerò mai Monique. Ho bisogno di lei.

-No, non è vero! Tu hai bisogno di me, solo che ancora non lo sai. Fammelo dimostrare…

Gli si avvicina e lo bacia. In bocca. E lui ricambia. Con passione. Si allontanano ansimando leggermente e Stephane sussurra:

-Ho capito. Ho capito. Però fammici pensare un attimo, non è facile accettare tutto questo...

-Mi prometti che lascerai Monique?

Silenzio. Avanti, dì qualcosa, penso, non startene lì muto! Parla!

Apre la bocca e da questa escono le parole:

-Forse.

Ma che risposta è forse? È la risposta dell'incertezza, del dubbio. Come può essere insicuro su di noi, sulla nostra storia. Pensavo che la nostra storia avesse basi sicure, solide. E invece...

Cerco di trattenere le lacrime che battagliere vogliono uscirmi dagli occhi. Mi alzo senza far rumore e silenziosamente corro via, la vista offuscata dalle lacrime.

A Parigi

La mattina dopo entrarono a Parigi. Era una giornata piovosa di fine settembre e il tempo sembrava abbinarsi all'umore di Monique e Stephane. La prima era stizzosa col biondo perché nonostante l'amore che provassero l'uno per l'altro l'aveva tradita. Non era incollerita per l'orientamento sessuale del compagno, sentiva sotto sotto che lui l'amava ancora nonostante gli piacessero gli uomini, era delusa perché sentiva che se forse lo avesse amato un po' di più lui non si sarebbe innamorato di Francois. Il secondo era in preda ai sensi di colpa, voleva bene a quella ragazza che lo capiva e lo sosteneva continuamente e completamente, ma sentiva di non amarla più come prima. Non sapeva neanche lui perché o da quando, ma Monique non lo attraeva più come una volta, prima quando la vedeva sentiva le farfalle nello stomaco adesso si sentiva bene e in pace ma qualcosa era cambiato.

L'unico che sembrava tranquillo era Francois; sapeva che alla fine l'oggetto del suo desiderio avrebbe lasciato la sua concorrente per lui, se lo sentiva, era sicuro della vittoria, se lo sentiva nel sangue.

A Parigi presero una stanza in affitto da una vecchia signora, Madame Miller, una donnina esile, con i capelli bianchi e il volto ricoperto di rughe.

Per guadagnarsi il pane quotidiano, Monique faceva le pulizie e la badante a bambini ed anziani e Francois si esibiva nelle piazze e nei parchi. Stephane intanto aveva mandato alcune sue poesie tra cui Ma Boheme, la poesia che aveva recitato a Monique la sera in cui era tornato Francois, e una lettera di lodi e ammirazione al più grande poeta maledetto di Francia, Pauvre Lelian. I poeti maledetti erano una nuova corrente di poesia; il poeta maledetto si distingueva per due cose, essere incompreso dalla società e vivere uno stile di vita provocante, in particolare bevendo assenzio e trascorrendo le notti in compagnia di persone dello stesso sesso. Il ragazzo si sentiva incompreso dagli adulti e da chiunque avesse un briciolo di autorità ma sapeva di non poter sperperare i pochi soldi guadagnati dai compagni per bere, ma non aveva problemi a trascorrere del tempo con Francois a fare cose scurrili. La notte però non la trascorrevano nell'appartamento con Monique per non turbarla ulteriormente, ma a casa di persone che come loro custodivano quel segreto e non potevano rivelarlo a nessuno senza passare per cattive persone.

I rapporti tra Francois e Monique non erano limpidi, il primo tormentava la seconda dicendole di non guadagnare abbastanza per tirare avanti e dandole della pigrona e svogliata. La ragazza però non gli dava peso, sapendo che parlava così per gelosia, poiché lui sapeva che fino a pochi giorni prima lei e il ragazzo che gli piaceva stavano insieme.

Le giornate passavano così tranquille, la sera si raccoglievano tutti e tre in soggiorno davanti a un fuoco bello scoppiettante ad ascoltare le storie di Madame Miller che, seduta su una sedia a dondolo e intenta a tessere una coperta o un maglione per l'inverno ormai imminente, si lasciava andare ai ricordi dei tempi in cui era giovane e bella e veniva corteggiata dal ragazzo che sarebbe poi diventato suo marito. I ragazzi la ascoltavano perché per loro era ammaliante ascoltare quelle storie di tanti anni fa che oltre a essere in certi risvolti comiche alla fine nascondevano delle grandi perle di saggezza.

Pauvre Lelian

Una sera erano tutti seduti in soggiorno quando bussarono alla porta. Andò ad aprire Stephane. Era un uomo che recava una lettera.

-Una missiva per il signor Stephane Clements- disse.

-Chi la recapita?

-Pauvre Lelian.

Il ragazzo strabuzzò gli occhi. Il poeta gli aveva risposto!

Balbettò dei ringraziamenti e rientrò nella stanza.

-Chi è Pauvre Lelian?- chiese Monique, incuriosita.

-Come chi è? È il più grande poeta maledetto della nostra epoca!

-Già, non leggi Nouvellas des Notorietè?- chiese Francois.

-No, e tu?- gli chiese sorniona la ragazza.

-Ragazzi ritorniamo a noi, quel giornale è feccia!- li rimproverò il biondo. E insomma, Levraine era un poeta eccelso, mica una figura qualunque da inserire in un giornale scadente!

-Ah comunque, auguri Stephane!- disse Monique.

-Cos... ah già vero, oggi è il 20 Ottobre!- esclamò il ragazzo, dandosi una manata sulla fronte.

-Già, e io e Francois ti abbiamo fatto un regalo- disse la mora, porgendogli insieme al castano un pacchetto.

-Ragazzi non dovevate- disse Stephane commosso.

-E invece sì- disse Francois.

-Non si compiono 18 anni tutti i giorni-aggiunse Monique.

Il biondo lo scartò emozionato. Dentro c'era "I lavoratori del mare" di Victor Hugo.

-Grandi ragazzi adoro Hugo!- disse, abbracciandoli entrambi.

Chiacchierarono per tutta la serata, poi ognuno si ritirò nelle proprie stanze. Stephane portò pure la lettera ricevuta; una volta seduto sul letto la aprì e la lesse.

-Gentile signor Clements,

ho letto la sua missiva; sono onorato degli elogi che ha fatto nei miei confronti e sono stupito dei contenuti e della carica espressiva delle sue poesie, le chiedo perciò se fosse disposto a venire domani mattina alle 11 al mio alloggio in via Saints Pierre et Paul n.11. La aspetto con ansia.

Cordialmente,

Pauvre Lelian.

Stephane esultò silenziosamente, un grido di gioia che nessuno sentì tranne lui.

Pauvre Lelian

La mattina dopo, alle 11 meno 20, via Saints Pierre et Paul vide un ragazzo mingherlino, biondo, che con fare nervoso girava in tondo davanti al numero 11. La casa di fronte, civico numero 14, si chiedeva come mai il giovane fosse così nervoso. In pugno, teneva una lettera.

Alle 11 meno un quarto Stephane non riuscì ad aspettare oltre e bussò. Dopo alcuni istanti una giovane cameriera aprì la porta. Il ragazzo ringraziò ed entrò. Percorse, dietro la ragazza, un piccolo corridoio che portava in una vasta e luminosa sala da pranzo. Alle pareti bianche erano appesi dipinti raffiguranti diversi paesaggi, c'erano armadi di legno di mogano che mostravano al loro interno piatti e bicchieri per le occasioni importanti. Tra due comodini un divanetto coperto da un tessuto verde trifoglio faceva bella figura di sé. Al mezzo della sala spiccava un tavolo con eleganti gambe e con sopra una tovaglia di lino candida come la neve e un vaso di cristallo.

Una voce lo fece sobbalzare.

-Clements, amico mio, siete venuto in anticipo.

Si girò e vide l'acclamato poeta. Non era una gran bellezza: i capelli scuri, che da giovane dovevano essere stati folti come i suoi, lasciavano ormai spazio a incombenti calvizie; era piuttosto basso; la prima cosa che notò, però, fu la folta barba che gli cadeva fin sul petto.

-Salve- disse, abbassando lo sguardo sulle sue scarpe logore e sporche, vergognandosi di essere entrato con quel ciarpame nella casa di un grande poeta, ricordandosi poi tutto a un tratto che non ne aveva altre.

- Alza la testa ragazzo, qui stiamo intrattenendo una conversazione da poeta a poeta- disse Lelian. Stephane alzò la testa di scatto a quell'appellativo.

- Che c'è, forse ti sorprendi di sentirti dare del poeta? Non aver dubbi in proposito: tu sei un poeta, un grande poeta, fidati di uno che se ne intende. E ora, diamo un'occhiata ai tuoi componimenti.

Si sedettero sul divano. L'uomo prese un foglio e lo porse al ragazzo.

-Questa poesia è quella che, tra tutte, mi ha colpito di più. Vorrei sapere le circostanze in cui l'hai scritta.

Stava parlando di Ma Boheme.

Il tono gentile, mischiato ai complimenti precedenti, aveva riempito Stephane di un ardito orgoglio e si mise a parlare di come l'avesse scritta, del senso di paralisi alla mente che aveva provato un attimo prima di buttare sulla carta le parole, della soddisfazione che aveva provato nel rileggere tra sé e sé quei versi così infuocati, così ardenti, così rivoluzionari.

Poi Lelain prese un'altra poesia e chiese le stesse cose. Continuarono così per circa venti minuti finché non furono interrotti.

Una donna fece ingresso nella stanza. I capelli, raccolti in una retina, erano castano scuro; gli occhi scuri erano ridenti nonostante la stanchezza che li segnava; il viso era giovane ma imbruttito dalla stanchezza; indossava un vestito celeste pallido, a pois bianchi che, seppure largo, mostrava che la donna era in dolce attesa.

-Matilde- disse il poeta a mo' di saluto, alzandosi e avvicinandosele –dove sei diretta?

-Dal dottore- rispose lei. La sua voce aveva l'esultanza della giovinezza ma tradiva anche un infiacchimento adulto.

-E chi è questo giovanotto?- chiese la donna.

-Cara, ti presento Stephane. Stephane, lei è mia moglie, Matilde.

-Salve- disse lui.

-Piacere mio. Ora scusatemi, ma devo proprio andare.

-Certo cara. A tra poco.

-Ti prego di scusarmi- disse poi, rivolto a Stephane –mia moglie è al settimo mese di gravidanza, dobbiamo fare gli ultimi controlli.

-Nessun problema, anzi congratulazioni- disse il ragazzo, leggermente imbarazzato. Non pensava che l'uomo fosse sposato. Sembrava che i coniugi si amassero davvero. Il bambino sarebbe stato fortunato.

-Allora, dove eravamo rimasti?

Lelian gli si avventò addosso e lo baciò prepotentemente. Il ragazzo non si ritrasse, anzi rispose con uguale ardore. Il resto di quello che fecero penso lo si possa immaginare.

Quel giorno, Stephane si fermò tutto il giorno da Pauvre, anche la notte, dove purtroppo non poterono continuare quello che avevano interrotto sul divano quando la cameriera li aveva chiamati per il pranzo.

Via dalla Francia

Stephane era nella camera che condivideva con Francois, sdraiato sul letto a rimuginare.

Era stato da Lelain quella mattina, ormai si vedevano quasi ogni giorno spesso in locande per non insospettire la moglie dell'uomo, e gli aveva proposto di scappare.

-E dove?- gli aveva chiesto.

-Pensavo di andare a Bruxelles, lì ci sono dei miei amici anche loro omosessuali- sussurrò questa parola- che potrebbero ospitarci. Potremmo fare quella cosa che abbiamo fatto la prima volta e che ci è piaciuta così tanto...

La sua voce si era fatta molto sensuale. I loro visi erano a un millimetro di distanza ed entrambi sentivano un enorme desiderio.

Non l'abbiamo più fatto dopo quella volta se non di nascosto, nelle toilette. Non ti manca?

Devo andare in bagno- aveva detto Stephane. Lo seguì anche Lelain e una volta dentro si erano scatenati, stando attenti tuttavia a non farsi sentire.

Quando finirono erano col fiatone, ma l'uomo chiese comunque, ansimando:

-Quindi? Verresti con me?

-Fammici pensare un attimo- aveva risposto il biondo, boccheggiando pure lui – sai che sono con dei miei amici, devo prima consultarmi con loro...

-Tranquillo non c'è fretta. Possiamo portarli con noi se vuoi.

Non che non voleva. Francois ultimamente gli stava attaccato come una cozza, spesso lo abbracciava e cercava ogni pretesto per non lasciarlo vivere. Forse aveva capito che c'era qualcosa tra lui e il poeta e si era ingelosito.

-Ma tua moglie?- aveva chiesto.

Aveva sospirato.

-E' complicato. Ora sono padre, so che dovrei curare mia moglie che è debole e stanca del parto e mio figlio che ha appena un mese, eppure... io non ce la faccio.

-Devi invece.

Si erano lasciati così, Stephane con la proposta di andare a Bruxelles e Pauvre Lelain con la raccomandazione di essere un padre di famiglia.

Una voce lo riscosse dai suoi pensieri.

-Stephane è pronto!

Ancora cinque minuti pensò. Voglio stare da solo.

Sentì dei passi e poi qualcuno bussare alla sua porta. Era Monique, lo capiva dal tocco delicato. Sussurrò avanti e la ragazza entrò.

-Stephane- disse.

Si era dimenticato di quanto potesse essere dolce la sua voce. Si chiese come avesse potuto tradirla con Francois, che era un ragazzo normale mentre Monique... era una specie di angelo custode.

Lei si sedette sul letto al suo fianco.

-E' da tanto che non parliamo faccia a faccia.

Lui strinse gli occhi. Pensò che doveva confidarsi con la sua migliore amica, con la sua confidente. Perché non lo faceva ora, subito?

-C'è qualcosa che ti preoccupa?

Aprì gli occhi e la guardò. Notò delle occhiaie che non aveva visto l'ultima volta che l'aveva guardata bene in faccia. Il suo sguardo era preoccupato, sentiva che era strano nelle ultime settimane, che nascondeva qualcosa. Al posto del cuore lui si sentiva un enorme masso; avrebbe potuto alleggerirlo confidandosi con lei, perché non lo faceva? Tanto lei aveva capito che qualcosa non andava: aveva accettato anche se a fatica la storia tra lui e Francois, poteva raccontargli della sua relazione con Lelain? Tanto non stavano insieme e lui sapeva che non sarebbe potuta durare.

-No tranquilla, tutto a posto.

-Stephane Clements, non prendermi per i fondelli, ti conosco bene ormai e capisco quando c'è qualcosa che non va. Avanti, sputa il rospo.

-E' una questione che coinvolge anche Francois. Vorrei parlarne stasera a cena. Ti prego ti prometto che vi dirò tutto ma ti chiedo di aspettare fino a stasera.

Lei alzò gli occhi al cielo.

-Stasera ci racconterai tutto. Però ora vieni che è pronto il pranzo.

Si alzarono e andarono in cucina, prima però di entrare lei lo prese per un braccio facendogli capire di fermarsi.

-Mi rendo conto di essere stata un po' aggressiva. Però cerca di capirmi Stephane, sono settimane che sei chiuso in te stesso più del solito. A mala pena parli, mangi poco, sei smunto. Io sono solo preoccupata...

Lui fece un abbozzo di sorriso.

-Lo so Monique. Ti conosco anch'io e so che lo stai facendo perché mi vuoi bene e sei preoccupata nel vedermi così. Ti prometto sull'affetto che ci lega che stasera ci racconterai tutto.

Quel pomeriggio Stephane era molto teso. Sapeva di dover raccontare tutto, lo aveva promesso sul legame unico che lo legava a Monique, ma sapeva che avrebbe ferito Francois. Però, più che ci pensava, più si rendeva conto che forse quest'ultimo non teneva a lui così tanto. Ripensò a tutti i momenti in cui si era sentito male, in cui avrebbe avuto bisogno di una parola o un gesto di conforto e lui non gliel'aveva mai dato. Spesso i suoi occhi erano stati accecati e solo ora vedevano bene. Avrebbe rotto con il ragazzo quella sera stessa; Francois si sarebbe arrabbiato, avrebbe pianto e giocato con le parole come un abile giocoliere, ma ormai lui si era liberato dagli occhiali appannati dell'ingenuità. Dopo questi pensieri, il suo cuore si alleggerì un poco.

Quella sera Monique aveva preparato le omelette al formaggio e un semplice dolce alla frutta. Stavano per addentare il dessert quando bussarono alla porta. Fu Stephane ad aprire ed entrò Madame Miller, il velo che portava dalla perdita del marito tutto scompigliato dal freddo vento di febbraio.

-Ah che freddo che freddo!- disse battendo i denti.

-Si accomodi madame- disse il ragazzo. –Vuole deliziarsi di una fetta di torta alla frutta?

-O volentieri grazie- disse la donna afflosciandosi su una sedia –posso avere anche una tazza di te?

-Ma certamente!

-Ah così va molto meglio, sì sì- disse la vecchia con in mano una tazza di te bella fumante.

-Ma dove è stata per tutto questo tempo, signora?- chiese il biondo. Del trio era quello che si era affezionato di più alla signora.

-Eh, da una mia amica qui a Parigi, Madame Dubois. Sapeste cosa mi ha raccontato…

-Che cosa?

-Del figlio, Jacob, che è scappato con un altro ragazzo con cui discorreva da tempo. Hanno litigato un sacco su questo argomento perché la madre voleva che si trovasse una fanciulla a modo giustamente, e invece questo giovanotto faceva risse con chiunque, è finito pure dai carabinieri per questo… colpa del padre, ha ingannato la povera Viviene e appena ha saputo del bambino se le è data a gambe tornandosene in Inghilterra. Povera donna! Eh, del resto non tutti hanno la fortuna di trovare uno come il mio Hugo…

I ragazzi la ascoltavano attenti. I suoi ricordi del marito non erano insoliti e a loro non dispiacevano, anzi li incantavano.

-Comunque ai miei tempi non c' erano tutti questi omosessuali- continuò, sputando l'ultima parola con disprezzo. –Questi soggetti sono contro natura, contro la religione. Dio ha creato l'uomo e la donna per procreare e spargere la sua progenie per il mondo. Quelli sono capricci di bambini che non vogliono diventare adulti.

Francois e Stephane si scambiarono uno sguardo di disagio.

-Certi hanno una differenza di età addirittura imbarazzante! Avete sentito di quel poeta che intrattiene una relazione con un ragazzo molto giovane, di meno di venti anni. Com'è che si chiama quel poeta, non mi viene adesso in mente...

-Pauvre Lelian- disse Stephane, a voce molto bassa.

-Ecco esatto lui, bravo! Avrà più di trenta anni! Chissà se ha costretto il ragazzo...

-Io penso di saperlo.

Silenzio. Tutti guardarono Stephane, che sebbene fosse molto nervoso continuò.

-Ha cominciato il poeta, gli è saltato addosso e lo ha baciato con foga. Il ragazzo non si è ritratto e potete immaginare cosa abbiano fatto. Oggi, 15 Febbraio 1872 compiono quattro mesi esatti di relazione.

-Come fai a saperlo?- chiese la donna, acida.

-Perché sono io il ragazzo in questione.

Francois si immobilizzò e i suoi occhi mandarono prima segnali di delusione, tristezza e infine rabbia. Monique guardava fisso il biondo con uno sguardo indecifrabile ma quest'ultimo sentiva che non era di critica.

-C'è dell'altro. Lelain mi ha offerto di andare con lui in Belgio. Potete venire anche voi due se volete.

Francois si alzò violentemente e per poco non buttò per terra il tavolo.

-Te lo puoi anche scordare, lurido traditore che non sei altro! Vacci tu in Belgio con quel maiale! Sai che cosa sei? Uno sporco bastardo, un vigliacco! Mi fai schifo!

-Sta zitto Francois!- disse Monique. –Sei l'ultimo che dovrebbe parlare, o se proprio vuoi farlo, racconta! Racconta di tutti quelli che ti sei fatto alle spalle di Stephane!

Una notizia del genere pochi giorni prima lo avrebbe sconvolto, adesso lo sfiorava a malapena.

Francois guardò tutti e due con uno sguardo furioso, poi salì, tornò con i suoi bagagli, aprì la porta e disse:

-Me ne vado.

Rimasero Stephane, Monique e Madame Miller in un silenzio di tomba. Poi l'ultima si alzò lentamente e disse:

-Devo digerire la cosa.

E salì in camera sua.

Monique si alzò e andò da Stephane. Lui aveva chinato la testa e le prime lacrime stavano affiorando dai suoi occhi.

-Dai Stephane non piangere- gli disse, asciugandogli il viso.

-N-non è per Francois, mi sono reso conto che non ci tiene a me. È per madame Miller, anzi forse nemmeno per lei, le cose che ha detto sono ingiuste. È per te e me; cosa faremo ora? Madame Miller non è l'unica a pensarla così; dovremo andarcene da Parigi, forse dalla Francia intera...

-Troveremo una soluzione, l'abbiamo sempre trovata e la troveremo anche stavolta, non ti preoccupare.

I due si abbracciarono, un abbraccio pregno di amicizia e unione.

Il mattino dopo Stephane andò da Lelain.

-Paul ti devo parlare.

-Ma certo! Entra entra.

Si sedettero sul divano.

-Non verrò con te a Bruxelles.

-Ah.

-E intendo rompere con te.

-Cosa vorresti fare tu? Stephane no non puoi farlo! Ti prego! Pensa ai 4 mesi che abbiamo passato insieme! Sono stati i più belli della mia vita! Non puoi farmi questo, mi uccideresti!

-Mi dispiace, ci ho pensato a lungo. Tu hai una famiglia, una moglie, un figlio, occupati di loro. So cosa vuol dire avere i genitori assenti, voglio evitare in merito alle mie possibilità di non procurare altri orfani con i genitori in vita.

-Tu non pensi a tutti i favori che ti ho fatto! Se non ti avessi aiutato e incoraggiato non avresti tutta la fiducia che hai ora in te stesso!

-Non temere: l'avrei raggiunta lo stesso poiché ho una cara amica al fianco che mi sostiene e mi aiuta a rialzarmi quando cado.

-E' quindi un addio?

-Temo di sì.

-Beh sai che quando ci si da un commiato è abitudine stringersi la mano...

Stephane gli si avvicinò e gli tese la mano, ma il poeta sfruttò questa vicinanza per saltargli addosso e baciarlo con foga. A fatica il ragazzo si sottrasse e scappò. Dalla finestra Lelain gli gridava:

-Stephane! Stephane! Torna indietro! Non abbandonarmi!

Tornò a casa. Appena entrato notò le valigie in soggiorno, Monique gli disse:

-Dobbiamo partire oggi stesso, Madame Miller non ha voluto sentire ragioni.

-Partiamo anche adesso!

Presero i bagagli, Stephane prese l'amica per mano e insieme corsero finché non uscirono dalla città.

-Dove vorresti andare, mia signora?- chiese il ragazzo, facendo un inchino così goffo che la ragazza scoppiò a ridere.

-Non saprei, mio prode cavaliere. Forse potremmo...

Si interruppe. Il colore scomparve dal suo volto. Barcollò.

-Monique! Monique che ti succede?

Poi vide il sangue uscirle dal petto.

-No! No!- urlò, chinandosi a tamponarle la ferita e nel frattempo alzando lo sguardo per vedere chi avesse tirato il colpo.

E lì, in piedi a pochi metri di distanza, i capelli scarmigliati e lo sguardo infuocato, stava Francois.

-Tu, maledetto!- gli gridò Stephane tra le lacrime. –L'hai uccisa!

-Si, e ora tu farai la stessa fine!- esclamò, puntandogli addosso una pistola. Stephane chiuse gli occhi, in attesa della fine.

Il colpo lo ferì di striscio. Aspettò un altro sparo, che però non arrivava. Socchiuse gli occhi e vide due gendarmi che prendevano l'assassino. Non andò loro incontro ma stette a piangere sul corpo di Monique, sua fidanzata e poi amica, confidente e angelo custode che lo aveva salvato dal baratro dall'assenzio; in poche parole, l'unica persona che le fu leale.

Ariane

Stephane era distrutto; la morte dell'amica lo aveva scosso nel profondo. Stare senza di lei era come un'eterna notte senza sonno e tormentato, come essere senza un polmone e senza metà del cuore. Si sentiva a pezzi in poche parole.

Non seppe mai come tirò avanti in quei giorni, si strascicò avanti e indietro nella casa del carabiniere Albert Fournier e della sua famiglia. Era stato il poliziotto a condurre l'inchiesta nei confronti di Francois e avendo visto che Stephane era a pezzi e senza casa lo aveva ospitato a casa sua. Abitava con la moglie, una donna simpatica di nome Amelie e due gemelli, Emma e Cedric, due adorabili bambini di 5 anni che volevano sempre giocare con il ragazzo. Quegli erano gli unici momenti in cui lui si illuminava: si raddrizzava, sorrideva ai due bimbi e giocava con loro, gli raccontava storie e li faceva dormire nel pomeriggio.

Il processo a Francois fu motivo di grande turbamento per lui. Era duro pensare che il ragazzo, con cui aveva scambiato esperienze, baci e intimità fosse stato capace di compiere un tale gesto. Ma vederlo lì, seduto davanti al giudice calmo e senza rimorsi fu un colpo al cuore. L'ultimo giorno in particolare si impresse nella memoria di Stephane.

-Siamo qui per concludere il processo a Francois Anders. L'imputato ha ucciso con un'arma da fuoco Monique Lucas coscienziosamente e volontariamente. Ammette lei- rivolto a Francois –di aver compiuto tale gesto.

-Sì, lo ammetto.

-E ammette di averlo compiuto lucidamente e con un valido motivo?

-Sì, e posso spiegare la motivazione.

-Prego, ci illustri le ragioni che l'hanno portata a un tale gesto.

-In realtà, eminenza, la colpa non è stata mia ma di Stephane Clements, qui presente. Ha intrattenuto una relazione col poeta Pauvre Lelian alle mie spalle per quattro mesi, sapendo benissimo il dolore che mi arrecava. Quando ho scoperto le sue azioni ho perso la ragione e il giorno dopo ho ucciso la ragazza, pensando però che si trattasse dell'amante del mio compagno. È una reazione giustificabile, che penso che tutti voi avreste compiuto se foste stati nei miei panni.

-Varie testimonianze affermano che lei aveva tradito il ragazzo prima che quest'ultimo avesse questa relazione. Vari suoi ex amanti la descrivono come un uomo attratto dal sesso che non riesce a stare con lo stesso uomo per più di una notte. Conferma lei...

Il giudice non aveva fatto in tempo a terminare la frase che il ragazzo gli saltò addosso. Fu fermato dai vari poliziotti presenti in aula che lo sbatterono direttamente in cella con l'accusa di omicidio volontario e preterintenzionale e aggressione a pubblico ufficiale per un totale di 25 anni.

Stephane decise di andarsene dalla Francia e andare in qualunque altra parte del mondo, purché non gli ricordasse tutto ciò che aveva perduto. Preparò i bagagli e diede l'annuncio alla famiglia. La sera prima della sua partenza Albert lo prese in disparte e gli disse:

-Ascoltami attentamente Stephane. Quello che hai vissuto in questi giorni è una delle cose più orribili che possa accadere a un essere umano e come affrontiamo queste cose decreta se siamo dei veri uomini o meno. Tu sei ancora molto giovane, hai tutta la vita davanti; malgrado io sappia che questa esperienza ti stia lacerando l'anima e il cuore devi reagire, non puoi smettere a 18 anni di vivere, se continuerai così la tua sarà una non vita. Vuoi essere per caso un non vivente, sebbene ancora in vita?

-No signore- rispose lui con voce spenta.

-Dimmelo più convinto.

-No signore!

-Ecco, ora l'hai detto bene. Mi raccomando, ricordati di vivere, perché morire non significa nulla, non vivere è spaventoso. Abbi cura di te, figliolo.

Stephane decise di andare in Africa, in una colonia francese. Decise di andare a Tolosa per poi proseguire verso Andorra. L'ultima tappa sarebbe stata Barcellona, dove avrebbe preso una nave per arrivare fino in Africa.

Tolosa era una città sud occidentale della Francia ed era attraversato dal fiume Garonna, famoso per la sua grande bellezza. Era una città molto importante e una delle più popolate. Stephane ci arrivò a piedi, con un mese di viaggio, ed era stremato. Stava girando esausto per le vie della città in cerca di un alloggio quando si sentì chiamare da una voce femminile:

-Hey giovanotto!

Si voltò e vide un donnone dalla folta capigliatura grigia scura che lo fissava dalla porta di un'osteria.

Faustine

-Hey dico a te vieni! Caspita se sei magro!- gli disse quando le fu di fronte. –Veramente deperito. Ariane, prepara una ciotola di minestra! Mia nipote- disse al ragazzo.

-Dai entra in casa siamo in marzo ma fa ancora freddo.

Entrarono e Stephane vide una ragazza minuta, bionda, di pochi anni più giovane di lui che girava il mestolo nella pentola.

Ariane

-A proposito ragazzo, come ti chiami?

-Stephane.

-Bene Stephane, lei come ti ho già detto è Ariane, mia nipote, io invece mi chiamo Faustine. Prego siediti pure, tra poco sarà pronto.

Difatti dopo poco Ariane scolò la zuppa di pomodoro e la servì in tavola con del pane da inzuppare. Portò poi dei formaggi, dei salumi e delle verdure. Stephane mangiò tutto con gusto poiché era molto affamato. Dopodichè raccontò la sua storia, tacendo però sulla sua omosessualità: raccontò che Monique era stata uccisa da un pazzo che la voleva per sé. Le due donne furono sconvolte dal racconto e lo trattarono con grande premura. Faustine dirigeva l'osteria da quando il marito era morto per via di complicazioni al cuore e non avevano avuto figli. Aveva una sorella, Margot, che era stata uccisa in una manifestazione sui diritti delle donne. Il compagno era un tossicodipendente che dopo la morte di Margot aveva abbandonato la figlia da lei avuta, Ariane appunto. Faustine l'aveva adottata e trattata come una figlia. Ora aveva sedici anni e aiutava la zia a servire i clienti e a cucinare. Era una ragazza molto timida ma solare nonostante le tragedie vissute.

Le due donne ospitarono Stephane per due settimane e lo avrebbero accolto per sempre con loro, se lui non avesse voluto lasciare definitivamente la Francia. Gli dispiaceva molto lasciare quella casa ma aveva bisogno di lasciare quella terra dove aveva vissuto fin troppi drammi. La sera prima della partenza sentì Ariane chiedere alla zia:

-Zia, io vorrei andare con Stephane. Sento qualcosa per lui ma non ne sono sicura e devo stargli vicino se voglio capire cosa provo veramente. Se tu non vuoi però, capisco. So che da sola sarà un problema gestire tutto…

-Ariane, questo non è un problema: troverò sicuramente un altro aiutante disposto a prendere il tuo posto. Tu devi andare dove ti porta il cuore; se senti di dover andare con Stephane, vai con lui. È un bravo ragazzo e sono sicura che si prenderà cura di te; ti ho tenuta con me per 16 anni, ma ora è tempo che tu voli libera.

Stephane si chiuse in camera e si strinse il cuscino sulla faccia per soffocare il suo grido. Aveva di nuovo una persona a carico, non poteva fallire per la seconda volta;

non se lo sarebbe mai perdonato. E poi, sentiva che dopo Monique e Lelain, non avrebbe potuto amare più nessuno. Ma dopotutto, voleva dire che Ariane si fidava di lui, e non voleva infrangere questa fiducia. Dopo poco però sentì di dover uscire; piano piano, senza far rumore, si diresse verso la porta, l'aprì e uscì fuori. Gironzolò a caso per le vie della città finché non giunse alla Garonna. Era una notte di fine marzo e il cielo era trapuntato di stelle e adornato da una splendida luna piena. Stephane si appoggiò al parapetto e guardò l'acqua, che rifletteva come uno specchio il manto del cielo. Sospirò rumorosamente e disse a voce alta:

-Ahimè, che cosa devo fare ora?

In quel momento, avvenne il miracolo. L'acqua si mosse, nonostante non tirasse un alito di vento; Stephane si sporse un po' di più per capire cosa stesse accadendo; e lì, nell'acqua della Garonna, vide il volto di Monique. Aveva un'aria serena, nonostante avesse il pallore di quando era stata colpita dalla pallottola.

-M-Monique?- chiese il ragazzo, stupefatto. Non era possibile, doveva star sognando!

-Sì Stephane, sono io- rispose lei. Aveva la stessa voce dolce di quando era in vita. Il ragazzo tremava dalla testa ai piedi.

-Stephane, ti dirò io cosa fare; accetta il mio consiglio, come hai fatto già tante altre volte. Proteggi quella povera ragazza; difendila dalle atrocità del mondo a cui ormai io non appartengo più. Ti supplico.

-Certo! Certo!- esclamò lui. –Te lo giuro!

Si buttò in acqua per cercare di abbracciare l'amata, ma quando cadde in acqua lei non c'era più.

-Ragazzo ma ti sembra il momento di fare il bagno a quest'ora?- gli chiese divertita una guardia che passava di lì.

-Mi scusi, pensavo che ci fosse… ma lei non ha visto né sentito una ragazza nel fiume che mi parlava?

-No ragazzo, nulla. Non ho ancora le visioni. Un po' più a destra c'è una scala, se vuoi risalire.

-Grazie mille signore!

-Nulla ragazzo. E mi raccomando, il prossimo bagno fallo in estate, che sennò ti prendi qualche malanno!

Il mattino dopo Faustine andò da lui con Ariane e gli chiese:

-Stephane, caro, mia nipote è desiderosa di venire con te. Sappiamo che è un impiccio per te viaggiare insieme poiché i bisogni si moltiplicano per due ma…

-Faustine (in quelle due settimane erano entrati molto in confidenza) per me non è un problema, sono onorato della fiducia che mi accordi nell'affidarmi Ariane. Fidati di me- questo rivolgendosi alla ragazza- farò in modo che non ti succeda niente.

Detto ciò, dopo essersi riforniti adeguatamente di cibo e acqua e aver salutato calorosamente la signora Faustine partirono.

I primi momenti furono colmi di imbarazzo per entrambi: per Ariane, perché stava per la prima volta sola con un uomo e per di più con il ragazzo che le piaceva, e per Stephane perché non sapeva cosa dire. Dopo un po' però ruppero il ghiaccio e recuperarono l'intesa che avevano avuto per le due settimane precedenti. Perlopiù era la ragazza che parlava mentre il ragazzo era taciturno. Sapeva che la compagna provava qualcosa per lui mentre dalla parte opposta c'era solo un grande affetto che non sarebbe mai sfociato però in un rapporto amoroso. La ferita che si era aperta con la morte di Monique era ancora aperta e Stephane intuiva che non si sarebbe mai rimarginata col tempo.

-Però se ti sto dando noia con tutte queste chiacchiere la smetto, tu non parli e mi sembra di starti dando fastidio...

-Tranquilla, non parlo perché mi piace sentirti parlare.

Lo stomaco di Ariane si riempì come di farfalle, un centinaio di farfalle che le volteggiavano dentro. Si sentì estremamente leggera, come se potesse volare; le sembrò che la terra le mancasse sotto i piedi. Sentì il respiro bloccarsi, e fu in quel momento che capì di essersi innamorata di Stephane Clements.

Continuò perciò a parlare con rinnovato slancio di quello che le piaceva fare, dell'osteria, delle amiche, delle loro chiacchiere e delle bisticciate con le ragazze che non stavano loro simpatiche perché troppo boriose e pericolose.

Stephane la ascoltava, e le parole della ragazza gli accarezzavano l'anima come un balsamo. Era ben lungi da disincantare la ragazza della sua purezza e gioia di vivere; non avrebbe mai voluto che la compagna si tramutasse in quello che era diventato lui, un ammasso di carne e ossa con dentro un animo nero di tristi e rabbiosi pensieri. L'animo della fanciulla doveva rimanere puro: per questo lui l'avrebbe difesa dallo schifo del mondo, dalla crudeltà e falsità delle persone e dal dolore di gesti di persone malvagie. Come gli aveva detto Monique nel fiume.

Si fermarono dopo alcune ore per riposarsi dalla lunga camminata e per mangiare un poco.

-Pensavo di proseguire verso Andorra, dove cercheremo un alloggio. Non so se conosci la capitale: è una città montuosa, perciò farà freddo, ma ora che arriveremo sarà estate e quindi si starà abbastanza bene. Ci fermeremo lì un attimo per sostare sotto un tetto fisso e rifornirci adeguatamente di cibo, poi proseguiremo a Barcellona dove prenderemo una nave per l'Africa.

-L'Africa?- chiese Ariane, impressionata.

-Sì, pensavo di andare in Etiopia perché ho bisogno di cambiare continente. Se però tu non vuoi venire capisco, l'Etiopia è un paese molto lontano e diverso dalla Francia...

-No no, voglio venire!- disse lei, arrossendo subito dopo.

Stephane le sorrise e lei diventò ancora più rossa, nascondendo il viso tra le mani. Il ragazzo adorava quel gesto; era così carina, quando lo faceva! Stava per dirglielo, ma all'ultimo si trattenne: non voleva che lei si facesse un'idea sbagliata! Per lui, lei era solo un'amica, nulla di più; gli dispiaceva ammetterlo, ma era così. Per un momento odiò la sua omosessualità: se non lo fosse stato, ora avrebbe vissuto una vita se non serena almeno tranquilla, avrebbe sposato Monique e avrebbero vissuto insieme in una casa di fronte al mare. Avrebbero avuto dei figli: l'idea di bambini avuti con Monique era il massimo a cui poteva ambire. Sarebbe stato un bravo padre: non avrebbe bevuto, non avrebbe litigato con Monique, non avrebbe urlato contro i suoi figli dandogli delle nullità; lo stesso sarebbe stato per lei. Perché si era innamorato di Francois e Lelain? Perché aveva rovinato tutto?

Questo pensiero lo colpì per un attimo; per una frazione di secondo i suoi occhi si fecero furiosi, dal chiaro che erano diventarono del colore del mare quando è in tempesta. Fu solo per un momento, poi gli passò. A che scopo rimuginare sul passato? Quello che era stato, era stato, doveva metterci una pietra sopra. Quello che contava ora era vivere il presente.

Ariane si accorse di quell' istante di ira, si spaventò; ma, notando che subito dopo gli era passato, non osò fare domande.

Il viaggio fu lungo e disastrato; più volte dovettero cambiare strada per via di una frana. L'arrampicata sulle montagne poi non fu facile, soprattutto per Ariane. Finalmente però, arrivarono.

Era l'inizio di Maggio, quindi tirava un venticello fresco ma almeno non era freddissimo. I due ragazzi furono ospitati da alcuni zampognari che fecero fare loro il giro della città. Stephane fu subito affascinato dalla vista che si godeva dal ponte della Margineda, Ariane dalla chiesa di Sant'Esteve e dove si recò praticamente ogni giorno della loro permanenza lì.

Si rifornirono di cibo e partirono per l'Etiopia.

In Etiopia

Ma parliamo un attimo di questo Paese. L'Etiopia è una regione africana che si estende su un territorio di 163.610 km quadrati. I nostri due ragazzi visiteranno solo la parte nord, costellata dalle verdi colline della Crumiria. È una regione molto calda, di 12 gradi in inverno a 30 in estate, a volte in questa stagione si raggiungono anche 40 gradi. Tuttavia, se si resta vicino alla spiaggia il clima rimane piacevole.

Quello che Stephane non sapeva però, era che il 12 Maggio 1881 il trattato del Bando autorizzò l'occupazione militare della Tunisia da parte della Francia e che la Convenzione di La Marsa di due anni dopo, stilata l'8 Giugno 1883 concesse ai Francesi il diritto di esercitare un protettorato sul Paese. La

Tunisia perse così la propria sovranità nazionale, mentre un rappresentante di Parigi controllava tutti gli atti e i decreti del governo locale, la cui reggenza era ormai del tutto formale. Sul modello francese vennero apportate importanti modifiche nell'ambito della giustizia, dell'amministrazione e dell'istruzione, le finanze furono risanate, e il paesaggio trasformato con la costruzione di porti e la realizzazione di un'estesa rete ferroviaria e stradale, la modernizzazione dell'agricoltura e la valorizzazione delle risorse minerarie. Non tutti però poterono godere dei benefici del progresso: mentre la diffusione dei prodotti europei metteva in difficoltà l'artigianato tunisino, le società francesi, i coloni e una parte della classe dirigente locate si accaparravano le ricchezze nazionali, suscitando un sentimento nazionale di frustrazione e di ingiustizia. Si crearono gruppi di ribelli che si scagliavano contro gli europei, soprattutto contro i francesi. Stephane non lo sapeva, non si era mai preoccupato di politica; quando arrivò in Etiopia con Ariane, si presentarono diversi problemi.

Appena sbarcarono in Etiopia, la prima cosa che colpì entrambi fu il caldo: era la fine di Agosto e il sole picchiava con forza. Seguirono la comitiva con cui erano venuti per registrarsi. Dopo circa dieci minuti, in cui Stephane si era molto preoccupato per la sua compagna di viaggio sempre più debole per il caldo, arrivarono a un tendone con sotto un banco a cui era seduto un uomo vestito con il tipico abito etiope: sopra una camicia, un gilet e un pantalone a sbuffo, una tunica senza maniche. Registrò i nomi dei forestieri e li fece salire su una diligenza rossa e blu e quindi condussero i viaggiatori in una radura dove avrebbero desinato e atteso il giorno seguente. Mentre calava la sera, Stephane illustrò ad Ariane le stelle e i pianeti visibili:

-Quella è la costellazione di Cefeo. Lui era il marito di Cassiopea e il padre di Andromaca. Cassiopea era una donna molto vanitosa che osò paragonarsi alle dee per la sua bellezza e fu punita per questo dagli dei. La sua città fu assediata da un mostro marino che divorava gli abitanti. Cefeo chiese come potesse fare per porre fine a quella disgrazia e gli fu detto di sacrificare sua figlia al mostro. Lui non sapeva come dirglielo, ma Andromaca era molto coraggiosa e si lasciò legare a uno scoglio. Quando il mostro stava per divorarla, dal cielo arrivò Teseo, che aveva appena ucciso la Medusa e le aveva tagliato la testa, i cui occhi erano in grado di pietrificare chiunque, mortali e mostri. Teseo quindi mostrò la testa della Medusa al mostro che si pietrificò, salvando così la ragazza. Cefeo era così felice che gli diede la figlia in sposa.

-Andromaca mi ricorda Ifigenia, anche lei si è sacrificata per la sua patria- disse Ariane. Stephane la guardò sorpreso.

-Conosci la storia di Ifigenia?

-Sì, me l'ha raccontata mio zio. Ifigenia si è sacrificata perché i Greci potessero andare a Troia a recuperare Elena, la donna più bella del mondo e moglie di Menelao. Però secondo me ad Andromaca è andata meglio, almeno lei non è stata ingannata.

-Già, Ifigenia è stata condotta lì con l'inganno dal padre, Agamennone, col pretesto che Achille, il più forte tra gli eroi greci, la voleva in moglie- disse Stephane, con gli occhi rivolti al cielo. Quelle storie gli facevano venire in mente il padre: anche lui l'aveva ingannato cercando di mandarlo a lavorare. Però lui era riuscito a scappare. A posteriori, si sentiva molto orgoglioso di lui, per aver saputo scegliere la sua strada e non essere stato schiacciato dal peso paterno. Per questo gli era piaciuta particolarmente la spiegazione che Moreau aveva fatto su Telemaco e Atena. Il professore aveva spiegato che Atena aveva detto al figlio di Telemaco che se voleva dimostrare di essere veramente figlio del divino Ulisse doveva superare pregi e difetti della generazione precedente per crearsi una nuova fama.

-Chissà se Achille sapeva dell'imbroglio che lo coinvolgeva- disse Ariane, destandolo dai suoi amari ricordi.

-Io spero di no, voglio credere che Achille non avesse saputo fino all'ultimo che la sua figura era servita per ingannare una fanciulla innocente.

-Lo spero anch'io- disse Ariane, mentre il sonno la coglieva. Poco dopo Stephane si girò a guardarla. Aveva un'aria così dolce, innocente... come avrebbe potuto qualcuno farle del male?

Il sequestro

Due mani scure gli tappavano la bocca. Stephane provò a liberarsi da quella stretta, ma era troppo forte. Aprì gli occhi e si vide davanti due occhi scuri che lo fissavano con odio.

-Andreas, l'ho preso!- disse rivolto a un uomo dietro di se.

-Bene, tu vieni a prendere la ragazza io mi occupo dell'altro.

Appena le mani si allontanarono dalla sua bocca Stephane urlò:

-Non fatele del male!

-Damerino siete nella nostra terra, quindi in Francia potete dare gli ordini ma qui gli ordini li diamo noi!- disse quello che probabilmente si chiamava Andreas e che probabilmente era il capo. Lo fece alzare e gli legò le braccia dietro la schiena.

-L'hai legata?- chiese al compare quando ebbe finito l'operazione.

-Sì.

-Allora andiamo al mezzo.

Il mezzo era un carro per portare il fieno, Stephane lo riconosceva anche al buio dopo anni passati in un ambiente agricolo. Fecero sedere i due ragazzi dietro, o meglio li spinsero con brutalità dove di solito si metteva il fieno; i rapitori si misero davanti e partirono.

Ariane piangeva silenziosamente, Stephane la guardava e non sapeva che fare. Era arrabbiato con se stesso: aveva promesso a Fantine di proteggere la nipote, e adesso erano in balia di criminali etiopi! Pensò a quello che avrebbero potuto fargli: lui l'avrebbero derubato di quel poco che aveva e forse l'avrebbero venduto o fatto lavorare sotto il sole e maltrattato fino alla sua morte, mentre Ariane sarebbe stata potuta violentare o costretta a prostituirsi in cambio di soldi. No, questo non l'avrebbe mai permesso; era una creatura troppo dolce e innocente perché le potesse capitare una cosa del genere, l'avrebbe impedito a tutti i costi.

Dopo quella che ai due ragazzi sembrò un'eternità, furono fatti scendere a suon di botte e condotti in una capanna fatta di rami dove erano presenti altri brutti ceffi. Come aveva pensato, Stephane fu obbligato a vuotare le tasche e i rapinatori gli presero tutti gli oggetti di valore: qualche moneta, dei fogli, gli avanzi di cibo e dei fazzoletti che Fantine gli aveva preparato con tanto amore. Di Ariane il futuro sembrava incerto: i furfanti, che dovevano star parlando nel dialetto locale, si consultarono e il ragazzo capì che era troppo magra per raggiungere un gran numero di clienti, poiché le misero davanti una porzione di arrosto e le fecero cenno di mangiare. Appena lei fece cenno di diniego loro la guardarono male e uno le mostrò il coltello; spaventata, si affrettò a pulire il piatto. Dopodichè fecero cenno a entrambi di sdraiarsi per dormire, o meglio riposarsi poiché stava spuntando l'alba. Poi si appisolarono anche loro. Quando Stephane fu sicuro che stessero dormendo, sussurrò ad Ariane di uscire con lui; fuori, cominciò a cercare un legno e dei sassi asciutti. Trovati, strofinò i sassi per accendere una scintilla che fece cadere sul legno. Aspettò che diventasse abbastanza grande e poi diede fuoco alla capanna, dopodichè corse con Ariane, mano nella mano.

Era ormai mezzogiorno e non ce la facevano più dal caldo. Nella fretta avevano lasciato le riserve d'acqua nella capanna e in giro non si vedeva nessuna fonte d'acqua.

-Stephane sto per svenire- sussurrò Ariane e l'istante dopo passò ai fatti. Il ragazzo le si accucciò vicino e le disse di farsi forza, finché non crollò anche lui.

Si risvegliarono dentro una stanza di legno. Che si muoveva.

-Mi sa che siamo in una nave- disse Ariane osservando la forma concava della stanza.

-Mi sa anche a me- disse Stephane guardandosi attorno. Quella doveva essere la stiva, era piena di tappeti di stoffa orientale e di casse da dove proveniva un vago odore di spezie.

In quel momento un uomo scese nella stiva. Era basso e grassoccio e aveva un grosso naso rubicondo.

-Ah vi siete svegliati, meno male. Volete che vada ad avvertire il capitano?- chiese con voce gentile.

-Si grazie- rispose Stephane dopo un'occhiata d'intesa con Ariane.

-Va bene, vi consiglio però di salire, il nostro capitano non ama scendere qui.

-Non c'è nessun problema.

Il marinaio salì e dopo qualche minuto scese per dire ai due ragazzi che il capitano li aspettava.

Salirono e vennero accolti dal capitano. Costui era un uomo alto, magro, dalla carnagione abbronzata, dalla folta e lunga chioma e nera trattenuta sotto il cappello e un paio di folti ma ben tenuti baffi sotto cui si stendeva un sorriso sincero. Si presentò come monsieur Edouard.

-Vi ho trovati con la mia ciurma, con cui dovevo andare a fare rifornimento, svenuti e senza averi. Mi è sembrata una cosa disumana lasciarvi lì alle intemperie e vi abbiamo raccolti- disse dopo aver stretto la mano ai due ragazzi. A Stephane piacque subito il capitano, soprattutto il suo modo di parlare, di come si dicesse solo il comandante della nave e non il membro più importante quale però effettivamente era.

-Dove siete diretti?- chiese Ariane.

-In Francia, precisamente a Charleville.

Quel nome portò a Stephane un sacco di emozioni contrastanti. Oltre a sensazioni di dolore per tutto ciò che aveva subito provava pure la curiosità di sapere come stava almeno sua madre, del padre non gli importava niente, l'amico Jean e soprattutto il professor Moreau. Quanto gli mancava l'insegnante! Decisamente, era l'uomo che più lo aveva ispirato nel suo processo di crescita e gli doveva molto.

-Se volete potete venire con noi- disse il capitano notando l'espressione del ragazzo.

-Possiamo discuterne un attimo?- chiese quest'ultimo.

-Certo- rispose il capitano. Osservò la coppia allontanarsi e si voltò sospirando, pensando a quanto il ragazzo gli ricordasse lui da giovane.

-Tu vuoi andare a Charleville?- chiese Ariane a Stephane in un posto in disparte sulla nave.

-Ehm sì. Sai, lì c'è la mia famiglia…

Il volto di Ariane si addolcì.

-Se vuoi, vengo con te più che volentieri.

-Ma non vuoi tornare da tua zia?

-Si, mi piacerebbe…- disse lei esitante. –Possiamo fare che andremo prima a Charleville e poi a Tolosa. Che ne dici?

-Mi sembra un'ottima idea- disse Stephane sorridendo. Quella ragazza, oltre a essere molto dolce, aveva anche un gran senso del giudizio e molta sensibilità. Le ricordava un po' Monique.

Ritorno a Charleville

Quando vide Charleville, a Stephane tremarono le ginocchia. Nulla era cambiato da più di due anni prima, da quando era partito. Era l'inizio di ottobre e le foglie si erano tinte di colori caldi. Scesero al paese e il ragazzo rivide tutte le case esattamente com'erano quando le aveva lasciate. Rivide lo spiazzo della chiesa, la piccola casupola adibita a biblioteca, la scuola. A quell'edificio, il bisogno di rivedere il professor Moreau aumentò talmente tanto che sentì che doveva andarci in quel preciso istante, era come un bisogno primario.

Prese la mano di Ariane e corsero insieme verso la casa dell'uomo. Stephane si fermò un attimo a riordinare i ricordi, di quando l'insegnante lo aveva consolato confidandogli la sua stima nei suoi confronti, della lettera che gli aveva lasciato appena prima di partire e sentì le lacrime pungergli gli occhi chiedendo di uscire. Ariane lo guardò senza dire niente. Il ragazzo la guardò a sua volta e disse in un soffio:

-Questa è la casa del mio professore.

Prese il coraggio a due mani e bussò.

Professor Moreau:

Stavo leggendo il giornale quando sentì bussare alla mia porta. Riconobbi la mano che aveva bussato, anche se l'ultima volta che il proprietario della mano aveva visitato casa mia era stata oltre un anno fa; fu così che mi precipitai alla porta e aprì. Lui era lì, trasandato, con la barba lunga, la faccia sporca su cui però si stendeva un bellissimo sorriso.

-Stephane- dissi, abbracciandolo in preda alla gioia. Di norma, non sono un uomo molto caloroso, ma quel ragazzo mi era rimasto impresso nel cuore. Appena ci staccammo gli feci la domanda che mi opprimeva il cuore da molto tempo a quella parte.

-Ma che fine hai fatto, ragazzo mio? Sono stato in pensiero molto tempo, disgraziato!

-Mi scusi professore, ha letto la missiva che le ho lasciato?

-L'ho letta sì, buon Dio, ma cosa significa farsi veggente, aprire le porte della percezione?

-Glielo spiegherò certamente, se avesse la premura di farci entrare. Sa, siamo ad ottobre ormai...- disse con un sorrisetto. Dio, quanto facevano disperare quei ghigni i miei colleghi!

Solo in quel momento mi accorsi della biondina al suo fianco. Sembrava gentile, ma non mi sembrava il genere di ragazza di Stephane. La salutai cordialmente e li feci entrare scusandomi. Il camino era acceso e lasciava un allegro tepore per la stanza e il bricco con il te stava per rovesciare il suo contenuto. La ragazza, che scoprì chiamarsi Ariane, si offrì per servirlo insieme al latte e a dei biscotti; mi opposi, ma alla fine la vinse lei, sospetto avesse capito quanto fosse importante per me e Stephane parlare da soli. Ci sedemmo io sul divano e lui sulla poltrona.

-Ragazzo, raccontami tutto.

Lui raccontò di tutte le sue avventure. Poi si interruppe un attimo.

-Ariane non sa.

-Cosa non sa?

-Della mia storia con Monique, che crede sia stata soltanto la mia migliore amica, e della mia omosessualità.

-Penso sia ora che tu glielo dica ragazzo mio.

-Ma lei è così pura, non voglio turbarla. Non voglio trascinarla nella mia merda.

-Figliolo- gli dissi mettendogli una mano sulla spalla – una volta avevo una ragazza che volevo sposare. Lei e i suoi genitori mi credevano se non ricco almeno sistemato, con un lavoro. In realtà io non lavoravo poiché perdevo le mie giornate a bere e a combinare guai coi miei compagni dell'epoca. Quando lo venne a sapere, la sua famiglia mi proibì di vederla e tantomeno di sposarla, dicendomi che se glielo avessi detto probabilmente avrebbero superato la cosa insieme, ma poiché avevo taciuto la cosa non ero degno di fiducia. Non voglio che tu perda le persone a te care come è successo a me, ti conviene dirglielo, lo dico per il tuo bene.

-Grazie professore.

-Di nulla ragazzo mio. E penso che sia ora che tu mi dia del tu- sorrisi.

Stephane decise di confessare tutto alla ragazza il giorno dopo, prima voleva andare alla sua casa natia. Quando bussò si presentò alla porta la madre. Lo guardò dall'alto in basso, fece lo stesso con Ariane e poi li fece entrare. I suoi non avevano cambiato l'arredamento della casa, era tutto come il ragazzo ricordava e gli venne un magone. Si sedettero sul divano e la madre restò in piedi. Stephane si guardò intorno nervoso; anche se non aveva più nulla da temere la figura paterna gli incuteva ancora soggezione.

-Papà dov'è?- chiese teso.

-Non c'è- rispose la donna con voce inespressiva.

-Ah. E, dov'è?

-Al camposanto.

Il ragazzo sbiancò. La madre continuò.

-Ci è andato per un colpo al cuore dopo che tu sei fuggito di casa.

-Come fuggito di casa?- la voce di Ariane si levò nella stanza. La donna guardò il figlio, che abbassò gli occhi.

-Non gli hai raccontato nulla della tua vita, ragazzo?- chiese alzando le sopracciglia. Non era un gesto da lei.

-Se mi lasci il tempo, le posso spiegare...- disse lui a voce bassa.

-Oh no no no, racconterò io alla tua amica che razza di bastardo sei.

-Mamma ma come parli? Non ti riconosco più...

-Molte cose sono cambiate in questa casa giovanotto. Peccato che tu non ci sia stato.

Il ragazzo incassò il colpo. Stava per parlare ma la madre lo anticipò.

-Dicevo- disse rivolta alla ragazza- il giovane qui presente è scappato di casa dopo che suo padre, mio marito, gli aveva fatto un'offerta più che conveniente per portare un altro guadagno in casa per far tirare un po' di sollievo economico a tutti...

-Ti ricordo che anche tu eri contraria. E poi potresti chiamarmi figlio o almeno per nome.

Il suo intervento fu ignorato dalla donna, che continuò a raccontare:

-Poi si è messo con questa "ragazza"- pronunciò la parola con disgusto –molto... come posso dire... con uno stile di vita provocatorio che lo ha portato fino a Parigi. Però prima si sono fatti arrestare per spaccio di assenzio...

-Intanto tu Monique la credevi una brava ragazza, poi non siamo stati a contrabbandare assenzio ma mio cugino!

-Monique? Tu-tu hai avuto una storia con Monique?- chiese Ariane a Stephane che non osò guardarla negli occhi.

-Te lo avrei detto al momento opportuno- mormorò.

-E poi, qui arriva il grande colpo. Dopo, presumo, nottate infuocate ha deciso che le donne non gli piacevano più, troppo scontato il legame uomo-donna, e si è messo... con un uomo!

-Come?- chiese Ariane sconvolta.

-Proprio così. Mi costa molto turbarti in questo modo ragazza, credimi, soprattutto perché noto sei molto diversa da questo delinquente, ma così è. Ho pure una rivista guarda- disse prendendo un quotidiano che era sul tavolo e mostrandolo ai due ragazzi. Raffigurava Stephane e Francois in atti poco equivoci.

-Poi si è messo pure con un poeta, molto più vecchio di lui, e ha avuto con lui una relazione di quattro mesi. Poi si sono lasciati ed è voluto fuggire con la ragazza, solo che nel frattempo il poeta e l'ex amante si sono messi d'accordo e per punirlo hanno ucciso la ragazza con un'arma da fuoco.

-Paul non c'entrava niente in questa storia- disse il biondo piuttosto stizzito. –E comunque noi andiamo.

Passandole vicino le disse:

-Grazie mamma, per avermi trattato di merda. Ovviamente, con la morte di papà hai dovuto farlo tu. Solo che papà almeno non mi ha mai fatto scredito davanti alle persone a cui tenevo come hai fatto tu.

Alla porta poi disse senza voltarsi:

-E non sperare in una mia visita perché non metterò mai più piede in questa casa.

-Fai come ti pare, tu non sei mio figlio! Io non ho figli!

Sulla strada, Ariane disse:

-Voglio tornare a casa.

Stephane annuì, faccia a terra. La compagna era sconvolta, ovviamente. Tornare dalla madre con lei non era stata una buona idea. Che idiota che sono! Pensò.

Passarono la notte dal professor Moreau.

-Allora le hai parlato?- gli chiese l'uomo.

-Ha fatto tutto mia madre, siamo andati a trovarla e lei si è messa a raccontare da quando sono scappato, ovviamente a modo suo.

-Mi dispiace ragazzo.

-Stia tranquillo, non è stata colpa sua.

Passarono tutta la serata a chiacchierare delle persone di Charleville che Stephane aveva conosciuto. La famiglia di Monique aveva chiesto che la salma della figlia tornasse a casa per poterle celebrare il funerale. Malgrado tutto, la famiglia della ragazza l'amava. La vita alla scuola era proseguita regolarmente; Jean aveva ricevuto una borsa di studio in fisica era andato a Londra a studiare all'università.

-Sono contento per lui, queste materie erano la sua passione- disse Stephane. –Una volta mi ha chiesto se avessi voluto fuggire con lui, ho rifiutato. Vedo che le cose si sono ribaltate, io sono il profugo e lui è sistemato.

-Non sei un profugo, ti ospiterò volentieri se vorrai rimanere qui.

-Ti ringrazio, ma non voglio restare a contatto con il mio passato, soprattutto dato l'amabile personaggio di mia madre. Cavoli, non pensavo che i morti si impossessassero del corpo di quelli rimasti sulla terra, ma evidentemente mio padre ha fatto questo con mia madre.

-Non dire così- disse il professore severamente. – Dopotutto, è tua madre, dovresti portarle rispetto.

-Dopo che ha disintegrato il mio rapporto con Ariane? Scusami, ma non ce la faccio.

Rimasero per un po' a fissare il camino, il cui fuoco andava spegnendosi. Poi il ragazzo diede la buonanotte al suo insegnante e andò a letto, dato che il giorno dopo sarebbe stato molto duro per lui.

La separazione

Il giorno dopo presero una diligenza diretta a Tolosa. Moreau aveva dato a Stephane un po' di denaro, sorridendo e scuotendo la testa in senso di diniego quando il ragazzo aveva protestato dicendo di non essere certo di riuscire a ridarglieli.

-Non voglio in cambio niente, solo che torni qualche volta a trovarmi- disse. I due si abbracciarono e poi Stephane e Ariane salirono. Il silenzio tra i due si protrasse per tutto il viaggio finché, alla sera, non arrivarono alla meta. Scesero e davanti alla locanda Ariane guardò il ragazzo negli occhi e gli disse:

-Non ti voglio più vedere. Mi hai ingannata e ferita, pensavo fossi diverso. Sai, mi ero innamorata: dei tuoi capelli color del miele e dei tuoi occhi che sembrano due specchi di un mare in tempesta. Non hai idea del danno che mi hai fatto. Ora sparisci.

Stephane se ne andò con le spalle curve. All'angolo della strada si voltò e vide Fantine che apriva e, sorpresa e felice, abbracciava la nipote invitandola a entrare in casa. Quando la porta si richiuse, il ragazzo corse via.

Quella notte si ubriacò di assenzio. Da sobrio, aveva notato una ragazza bionda dai boccoli soffici, vestita di un semplice abito azzurro. Quando l'assenzio gli diede alla testa, le si avvicinò e le chiese un ballo.

-No grazie.

-Allora fai la preziosa. Sai- disse avvicinandosele e accarezzandole una guancia –sei veramente carina. Credo di non aver mai visto una ragazza più bella di te, sembri una regina. Ma credo che ti sarai stancata di sentirtelo dire da tutti gli uomini...

-In realtà non mi dispiace sentirmelo ripetere- disse, facendosi mettere una mano sul fianco. –Soprattutto da un bel ragazzo come te. Continua ti prego, e io in cambio ti darò quel che più ti aggrada.

Ballarono per un po' sulla pista da ballo. Stephane bisbigliò dolci parole alla ragazza, che a ogni complimento sorrideva e gli si stringeva sempre di più al suo petto.

Poi andarono di corsa a quella che doveva essere la casa della ragazza. Salirono e arrivarono alla camera da letto. Si sedettero sul letto e lei sussurrò:

-Mi sono piaciuti i tuoi complimenti. Dimmi, cos'è che vorresti?- Intanto si mandava indietro i capelli e schiudeva le labbra in un modo così sensuale che il ragazzo perse il controllo.

-Voglio te- le bisbigliò all'orecchio, mentre con le mani armeggiava a toglierle il vestito. –Ti voglio per me. Ti voglio nuda. Voglio sentire i tuoi seni sul mio petto.

Voglio sentirti gemere di piacere sotto di me con la tua voce così dannatamente dolce.

Lei sorrise finendo di togliersi il vestito e armeggiando alla cintura dei pantaloni di Stephane.

-Lo farò, ma non prima di aver fatto un piccolo servizio...

Stephane adorò tutto di quella serata. L'ubriacatura, il ballo, il sesso, il poter fare quello che voleva senza che ci fosse qualcuno a frenarglielo. Aveva passato diciannove anni a fare quello che gli altri gli dicevano di fare e a stare attento a non ferire i sentimenti di chi gli era vicino; ormai quel tempo era finito. Guardò la ragazza che dormiva accanto a lui: non gli importava di averle fatto male quella notte, come molto probabilmente era successo dai suoi lamenti quella notte, ma non gli importava. Del resto, cos'era per lui? Solo una che gli si era concessa. Decise che avrebbe vissuto il resto dei suoi anni in quel modo, fregandosene degli altri e usando le persone che si affezionavano a lui come mezzi per far fare loro ciò che lui voleva che facessimo.

La redenzione

Decise di andare in Tanzania. A quel tempo era sotto i tedeschi, ma lui a scuola aveva imparato a rosicchiare qualche parola di tedesco e il resto l'avrebbe imparato lì.

Andò fino a Barcellona dove riprese il traghetto che lo portò in Egitto. Da lì, si unì a una carovana con cui andò fino in Tanzania.

Lo accolse un clima tropicale, era dicembre ma c'erano circa 28 gradi. Quella era una delle stagioni più calde dell'anno lì, poiché le temperature raggiungevano il loro picco tra novembre e febbraio.

Si incamminò per una strada scoscesa che lo portò, a sera inoltrata, a una casetta di pietra che sembrava disabitata. Entrando però trovò una ragazza di colore vestita con un leggero abito verde pastello che le fasciava il corpo sinuoso. Senza cercare di resistere all'istinto le si avvicinò, la prese in braccio facendola sedere sul tavolo di legno e cominciò a baciarla cercando nel frattempo di svestirla. In quel momento però entrarono tre uomini dalla pelle scura, dai capelli e dalla barba lunga e a petto nudo che con un grido fatto all'unisono si avventarono contro lo sciagurato prendendolo per i polsi e trascinandolo all'aperto dove poi il suo corpo fu svestito e fatto preda di violenze fisiche.

Gli aggressori poi se ne andarono, lasciandolo nudo e indifeso nella radura che di notte pullulava di animali selvatici. Stephane tremava, aveva freddo e la paura e il dolore lo attraversavano come schegge di ghiaccio. Dagli occhi gli scesero lacrime silenziose e dalle labbra gli uscì un'invocazione a Monique.

Si rivoltò, non senza fitte dolorose, e lì nel firmamento vide la donna che tanto aveva amato e da cui era stato riamato che però in quel momento lo guardava con aria truce.

-Amore mio, perché mi guardi così?

-Dimmi un po', questa è la seconda ragazza che maltratti fisicamente; questa è la giusta punizione.

-Ma Monique, io a questa non ho fatto niente!

-L'hai baciata contro il suo volere e la stavi spogliando, non è forse violenza questa!

-Sei arrabbiata con me per questo?

Lei sembrò sospirare.

-No Stephane, so che nonostante le difficoltà tu mi ami ora come allora. E proprio per il tanto amore che mi hai dato, io ho chiesto un'intercessione al nostro Signore.

-L'hai incontrato allora? E com'è dimmi, così che io possa essere preparato quando verrà anche il mio momento.

-Questo proprio non te lo posso dire. Posso però rivelarti che sta per giungere da te una donna, Karishma, che ti curerà dalle tue ferite e che si innamorerà di te. Anche se tu non l'amassi, ti prego di trattarla come merita, non come un oggetto. Mi raccomando Stephane, non a tutti spetta una possibilità per redimersi perciò non giocarti questa occasione.

-Non lo farò, te lo giuro.

-Bene. Adesso dormi- gli sussurrò lei. Mentre gli occhi gli si chiudevano, colpiti da un sonno incantato, il ragazzo riuscì a sussurrare:

-Monique ti amo e ti amerò per sempre.

Nota bene: in realtà sono state molto probabilmente delle guardie prussiane a violentare Rimbaud mentre cercava di andare a Parigi. Con questo capitolo non intendo offendere o attaccare le popolazioni africane.

Una nuova vita

-Giovane uomo sei sveglio?

Stephane si svegliò. Ai suoi occhi apparve come prima cosa il volto abbronzato di una donna che sembrava piuttosto giovane, dalle grandi e a quel che sembrava morbide labbra, dal naso fino, dai capelli neri che le incorniciavano il viso cadendo in morbidi boccoli e dagli occhi che mandavano bagliori dorati.

Karishma

-Sì- disse un po' stordito. Si alzò a sedere e si guardò intorno. Era in una tenda viola, molto spaziosa, in cui i raggi del sole entrando creavano un'atmosfera magica. L'abitazione sapeva di spezie e aveva un'aria orientale.

-Sembra che ti piaccia- disse la donna, sorridendo. I suoi denti erano piccoli e bianchi.

-Molto- confermò lui.

-Comunque io sono Karishma- si presentò lei. Parlava un buon francese, con un accento indiano ma sostanzialmente perfetto.

-Stephane- si presentò a sua volta il ragazzo.

-Ti ho visto ferito e ho immaginato subito cosa ti era potuto accadere. Certe persone sono delle bestie.

-Già- disse Stephane abbassando gli occhi. Preferì non rivelare alla sua benefattrice cosa era successo prima.

-Comunque io preparo e vendo pozioni di guarigione e d'amore- continuò Karishma. –Qui sono molto richieste perché la popolazione locale crede in queste cose, le pozioni d'amore intendo, e quindi non sto mai ferma, sono sempre in viaggio.

-Per me non è un problema, sono in viaggio da molto tempo ormai…

-Eh capisco, del resto tu sei il famoso Stephane Clements!- rise la donna.

-Come fai a sapere chi sono?- chiese il ragazzo stupito.

-Beh la tua fama circola anche qui, non solo in Europa- sorrise Karishma.

Restarono per un po' in silenzio, la pozionista sistemava qualche boccetta e raccoglieva delle foglie che erano cadute sul pavimento. Poi si avvicinò al biondo e gli sussurrò all'orecchio:

-Mi piaci Stephane. Non sei uno che parla troppo, ascolti e sembri capire con quei tuoi occhi che scrutano tutto. E poi, devo dire che sei pure molto affascinante…

Dopo quelle parole gli accostò le sua labbra sulle sue e gli diede un leggero bacio. Lui inizialmente rimase stupefatto poi ricambiò. I loro baci inizialmente erano molto casti, poi aumentò bacio dopo bacio la foga, si sdraiarono e... beh, penso abbiate capito cosa sia successo.

La mattina dopo si svegliò per primo Stephane. Sbadigliò, si stiracchiò e si voltò a guardare la donna che dormiva accanto a lui. Dopo qualche minuto si svegliò anche lei. Si guardarono un attimo negli occhi, poi l'uomo diede un bacio a fior di labbra sulla bocca di lei.

-Forse sono stata un po' impulsiva- disse la donna. –Sai, visto quello che avevi appena subito...- ma il biondo la bloccò con un altro bacio.

-E' stato tutto bellissimo- bisbigliò. Lei sorrise.

-Sai, non ho voglia di alzarmi.

-Neanch'io. Del resto, siamo qui a letto, senza vestiti... perché non continuare quello che abbiamo interrotto ieri notte?

Lei rise e si fece baciare il collo da Stephane.

Si sposarono un anno e mezzo dopo e purtroppo non ebbero bambini. Ora però ci duole darvi una brutta notizia: la malattia che porterà Stephane alla morte.

La malattia e la morte

-Cancrena al ginocchio- sentenziò un medico, dopo aver controllato la gamba di Stephane.

-C'è rimedio?- chiese lui

-Temo vi dovrete recare in Francia per trovare delle cure adeguate. Sa, temo ci sia bisogno di un'operazione per casi come questi- disse il medico che poi se ne andò, accompagnato dal suo assistente.

-Non piangere amore mio- disse Karishma accarezzandogli il viso –vedrai guarirai- però non riusciva a trattenere le lacrime. L'uomo si sdraiò sul materasso e sospirò. Aveva cominciato ad accusare strani dolori alla gamba sinistra ma all'inizio non se ne era preoccupato, del resto aveva 36 anni e da metà della sua vita era in viaggio quindi era normale che gli desse qualche problema. Poi però si era insospettito e ne aveva parlato con la moglie, che aveva insistito affinché si facesse visitare.

Il giorno dopo partirono per Parigi. Lui era riluttante a partire per quella città, dove aveva vissuto tanto dolore, dove era morto l'amore della sua vita. Ne aveva parlato tutta la notte con la moglie che però l'aveva alla fine convinto che quella era l'unica scelta possibile per guarire e che alla fine sarebbero stati entrambi più tranquilli.

Arrivarono alla capitale francese dopo un mese. Stephane era agitato, aveva avuto incubi notturni per tutto il viaggio e quando era sveglio era chiuso in se stesso e taciturno.

Appena entrarono nella città Stephane si rese conto che tutto era diverso: questo gli sollevò un peso enorme dal cuore, certo com'era che la sola vista di quel luogo gli avrebbe scatenato brutti ricordi. Presero un alloggio all'hotel Gaspard in rue Saint Emile e appena scaricati i pochi bagagli che avevano portato con loro l'uomo volle andare alle prigioni per verificare se François fosse ancora vivo. Disse alla moglie che andava a fare un giro e uscì. Si diresse alle prigioni, entrò e si diresse alla prima guardia che trovò.

-Buongiorno mi scusi, vorrei sapere se Francois Anders fosse ancora qui.

-Sì, lo vuole vedere?

-Si per favore.

-Venga prego.

La guardia lo scortò per corridoi e celle finché non arrivarono a una cella. Lì, la guardia si girò verso Stephane e gli sussurrò:

-Devo avvertirla, signore, del fatto che il signor Anders ha un atteggiamento indisponente verso tutti gli ospiti che ha avuto in questi anni, la prego perciò di tenere alta la guardia.

L'uomo ringraziò ed entrò.

La cella era un locale buio e piccolo, senza finestre e i cui soffitti erano addobbati di ragnatele. Per via dell'oscurità, fece fatica a riconoscere l'uomo che la occupava. Era seduto attaccato al muro, con le gambe al petto. Stephane gli si avvicinò lentamente e notò che gli abiti, quelli che indossava anche 19 anni prima, erano laceri e puzzolenti, segno che non erano mai stati lavati; i capelli erano lunghi e arruffati tali al punto da sembrare la criniera di un leone.

-Ciao Francois- lo salutò piano.

-Stephane Clements- gli disse il prigioniero a mo di saluto. Si alzò in piedi e il biondo vide che era diventato storpio a causa dei lunghi anni di prigionia.

-Come te la passi?- chiese il biondo.

-Mah non saprei, sono in prigione da 19 anni per colpa tua- rispose l'altro.

-Veramente, da quel che ricordo sei stato tu a sparare a Monique. Io non ho mai voluto farti del male, nemmeno quando lei mi ha detto che mi tradivi poiché l'avevo fatto anch'io. Quello che mi ha ferito a morte è il fatto che tu hai ucciso l'amore della mia vita e se non l'avessi fatto avrei potuto condurre la vita che avevo progettato. Tu me l'hai impedito, e non lo nego ti ho odiato a lungo per questo.

-Perché sei qua, per rinfacciare le mie colpe? Non mi basta passare la mia vita in prigione?

-Sono venuto qui per dirti che, nonostante tutto quello che mi hai fatto io ti perdono. Ho capito che è inutile serbare rancore per il passato e ho ricominciato a vivere.

-Ah. Sei venuto qui per dichiarare il tuo perdono nei miei confronti?

-Esatto.

-Fanculo. Non ho bisogno del tuo perdono. Non ho bisogno di nessuno. Ora sparisci.

-Come vuoi. Io ho fatto ciò che sentivo giusto.

Detto questo uscì, ringraziò il carceriere e uscì in strada.

L'appuntamento per l'operazione era per la settimana successiva. Questo lasso di tempo passò in fretta tra visite ed esami e quel giovedì mattina la coppia si diresse all'ospedale per l'operazione. Era una giornata di settembre e il sole splendeva. Stephane si godette la calura del sole un attimo prima di entrare in ospedale.

Erano in anticipo, mentre i due coniugi si dirigevano all'ufficio del medico che avrebbe eseguito la delicata operazione, il dottor Laurent, passarono davanti a una porta aperta e l'uomo riconobbe una faccia nota.

-Paul?- chiese stupefatto.

Ebbene sì, il poeta era steso su un letto che leggeva il giornale, al suono del proprio nome si voltò alla fonte del richiamo e sul suo volto pallido si affacciò prima lo stupore poi il rammarico e infine una gentile cordialità.

-Stephane, amico mio!- disse. La sua voce era rauca. – Prego vieni, accomodati pure, ci sono due sedie così pure la dama che ti accompagna può accomodarsi.

Dopo le presentazioni, Lelain chiese:

-Allora ragazzo mio, come va? Che ci fai qui in questo postaccio?

-Sono qui per via della cancrena al ginocchio.

-Ah brutta bestia. Ma via, sono sicuro che con le moderne tecnologie te la toglieranno e questo sarà solo un brutto ricordo. E poi tu sei ancora così giovane... quanti anni hai esattamente?

-Sono 37 tra un mese.

-Caspita sto proprio invecchiando!

-Ma tu Paul, perché sei qui?

-Eh ragazzo mio, problemi con l'assenzio... mi ha rovinato il fegato in modo irreversibile dicono i dottori.

-Oh, mi dispiace Paul...

-Ah non è colpa tua. Anzi sei stato tu a farmi aprire gli occhi per la prima volta, quando te ne sei andato. Sai, ho guardato mia moglie con occhi nuovi, ho rivisto la donna che amavo. Sai, Georges adesso è un bel ragazzo, si è iscritto a scienze politiche all'Università e vuole diventare giudice. È sempre stato più assennato di me, me ne rendo conto…

Parlarono un po' dei tempi andati, il poeta aveva avuto un altro figlio, Michel, che adesso era al liceo e voleva diventare uno studioso degli astri. Dopo circa mezz'ora un'infermiera venne a chiamare Stephane dicendogli che era atteso in sala, così quest ultimo si separò anche se a malincuore dall'amico ritrovato, che gli disse:

-Mi raccomando ragazzo mio bada a te stesso poiché hai un cuore d'oro.

Così Stephane si avviò con la moglie in sala operatoria dove lo aspettava il dottore, che aprì il suo fascicolo e gli disse:

-Signor Clements, mi dispiace dirglielo ma la situazione è risultata ancora più grave e ci tocca amputarle la gamba.

Lui lanciò uno sguardo disperato a Karishma che ricambiò con un'occhiata ancora più disperata mentre il dottore continuava:

-A ogni modo le sarà ricostruita una gamba nuova, una artificiale. Dobbiamo però amputare la gamba in tempi brevi poiché la cancrena dal ginocchio potrebbe diffondersi rapidamente in tutto il corpo. Se lei è pronto, vorremmo cominciare anche adesso.

Lui guardò la moglie, che annuì con le lacrime agli occhi, e lui capì cosa gli avrebbe voluto dire: "Facciamola amputare, prima che la cosa possa degenerare".

Così, sospirando, accettò di sottoporsi all'intervento. L'operazione durò 4 ore: Stephane fu fatto addormentare con pesanti sedativi affinché non sentisse dolore e al suo risveglio si ritrovò con una gamba di ferro.

-La vorremmo trattenere qui in ospedale per un periodo indeterminato signore, per verificare che le sue condizioni siano buone. Le abbiamo già preparato la camera numero 10, verrà accompagnato dall'infermiera Isabelle che si occuperà di lei durante la sua permanenza qui.

Stephane si accorse in quel momento di un'infermiera bionda dagli occhi verdi che poteva avere all'incirca sui trent'anni. Si alzò a fatica, si lasciò cadere sulla sedia a rotelle che gli era stata preparata e si lasciò portare dalla donna fino alla sua stanza. Era una camera spoglia, dalle pareti e dai mobili bianchi e le tende verdi.

Isabelle lo prese, si mise un suo braccio sulle sue spalle e lo accompagnò al letto.

-Il medico ha prescritto, poco prima che si risvegliasse, assoluto riposo. Sul comodino ci sono delle riviste e dei libri che può leggere.

-Potrei avere carta e penna per favore?- chiese Stephane.

-Certamente, glieli porto subito- disse l'infermiera. Uscì dalla stanza e tornò poco dopo con una risma di carta, un calamaio e una penna d'oca. Glieli consegnò e l'uomo si mise subito a scrivere. Era una lettera per Moreau, dove gli spiegava la sua situazione e lo pregava di venire.

L'uomo venne dopo una settimana, accompagnato da una donna minuta, dai capelli castano chiaro e dagli occhi grigi.

-Stephane- disse l'insegnante con le lacrime agli occhi.

-Jean- disse l'altro commosso al par dell'altro. I due si abbracciarono, poi Jean fece un colpetto di tosse e presentò la donna al suo fianco:

-Stephane, lei è mia moglie Agathe.

-Piacere- disse lei, allungando la mano con un sorriso luminoso sul volto.

-Il piacere è tutto mio- rispose il biondo, rispondendo alla stretta.

-Ho sentito molto parlare di lei, signore, mio marito tesse sempre le sue lodi, da come ne parla lui sembra che lei sia una specie di arcangelo- rise, lanciando un'occhiata divertita a Moreau che sbuffò.

-Ora non esageriamo...- borbottò.

-No ma se parla così di me mi va benissimo, voglio dire mi farebbe piacere essere creduto un angelo- commentò Stephane facendo ridere i due coniugi.

-Comunque puoi darmi del tu Agathe, e se posso vorrei fare lo stesso.

-Sarebbe molto meglio, Stephane, sai non amo le cordialità e le freddezze nei legami.

-Ti abbiamo portato qualche libro Stephane, di quelli che piacciono a te. Sai –disse sporgendo un po' la testa – non penso che Jane Eyre, con tutto il rispetto per Charlotte Bronte sia chiaro, sia il tuo genere!

-Eh già, troppe descrizioni secondo me. Però i tratti caratteriali sono descritti molto bene secondo me.

Chiacchierarono a lungo, anche con Karishma che era nel frattempo arrivata; le due donne sembravano aver stretto amicizia e parlarono un sacco appartate in un angolo della stanza.

-Mi sa che siamo stati abbandonati amico mio- disse Stephane.

-Hai ragione. Cavoli!- disse guardando fuori dalla finestra –è tardissimo, che ore sono? Oddio!- esclamò dopo aver controllato il suo orologio –Agathe, sono le sette! Scusate, è che ci siamo sistemati in un albergo e la cena viene servita a quest'ora. Ciao Stephane, ci vediamo domani!- disse Jean. Salutò velocemente Karishma, prese sottobraccio la moglie e insieme ˙˙rono di corsa dalla stanza.

-Però, che tipi!- rise la donna, una volta rimasti soli. – Agathe è molto simpatica, mi ha raccontato delle sue brutte figure più memorabili, come quando a una festa di paese ha ballato due valzer con un giovane prete in borghese e il ragazzo poverino era disorientato...

-Sono contento che si sia sposato- disse Stephane. –Jean aveva proprio bisogno di una donna al suo fianco come Agathe.

***

Il 20 Ottobre 1891 si svolse il compleanno di Stephane. Alla fine, era potuto tornare all'albergo, dotato di un paio di stampelle per agevolarne i movimenti, e quindi la festa si svolse all'hotel. Erano presenti la famiglia Lelain, Jean, Agathe, che si era scoperto essere in dolce attesa, e amici vari. Risate, scherzi, chiacchiere riempivano la camera. Era un'atmosfera festosa e gradevole.

Ci fu il taglio della torta, momento che spettava ovviamente al festeggiato. Al momento tanto atteso, però, Stephane sentì un dolore acuto al braccio e fece cadere il coltello. Dalla folla si levò un mormorio di preoccupazione e Karishma andò da Stephane e gli disse:

-Andiamo all'ospedale, Stephane.

La diagnosi fu chiara: infezione in tutto il corpo. Il dottore disse che gli si sarebbe paralizzato tutto il corpo e che gli sarebbe rimasto al massimo un mese di vita.

L'uomo era abbattuto; la sua festa si era rivelata un annuncio di morte.

I giorni passavano lentamente nel letto d'ospedale malgrado le visite e i regali: l'uso del braccio destro era ormai andato e il sinistro era semi-paralizzato. Perse molto peso e soffriva d'insonnia, a volte aveva momenti di delirio. Fortunatamente, oserei dire, i suoi tormenti finirono di lì a presto: Stephane Clements, il grande poeta maledetto, colui che aveva sconvolto Parigi e la sua vita ma che poi, da avventuriero nel deserto aveva abbandonato la sua musa, morì il 10 Novembre 1891. Il suo corpo fu riportato a Charleville, sua città natale, dove il funerale fu svolto il 14 novembre. Il suo cadavere riposa ora nella tomba di famiglia, la stessa da cui lui era fuggito in vita ora ospita il suo spirito per l'eternità.

Punto di vista della madre: sono stata ingiusta con lui. Quando è tornato ero sotto gli effetti dell'alcool per via della perdita di mio marito, non intendevo dire quello che gli ho detto. Sono stata perfida, lo so, e da qui fino alla mia morte (che so che non tarderà ad arrivare) me ne pentirò amaramente. Non avrei mai pensato, appena avevo sposato Bernard, che sarei sopravvissuta al mio consorte e a mio figlio; ma, dopotutto, questa è la vita e bisogna accettarla per come viene.

Anche quando era un ragazzo avrei dovuto essere più presente in famiglia, pensavo che facendo opere di bene in comunità mi sarei salvata l'anima e avrei ottenuto un posto in paradiso, ma l'unico posto in cui dovevo essere era a proteggere mio figlio dagli attacchi di suo padre. Aveva molti difetti, Bernard, ma io lo amavo comunque;

quando si è perso nell'alcolismo ho sempre sperato, fino all'ultimo, che prima o poi sarebbe tornato il ragazzo che conoscevo e di cui mi ero innamorata. Purtroppo, non è stato così. Sono pentita di ciò che non ho fatto, e so che nessuna confessione e pentimento potrà liberarmi dal senso di colpa.

Con questo, signori, si conclude la mia vicenda.

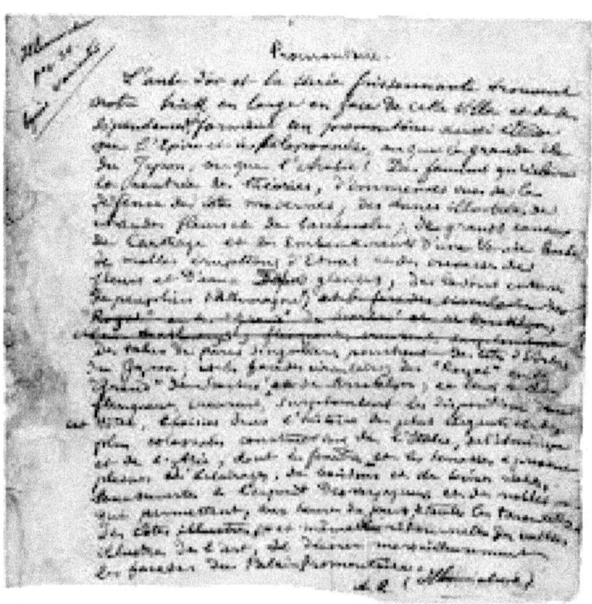